누나가
사랑했든
내가 사랑했든

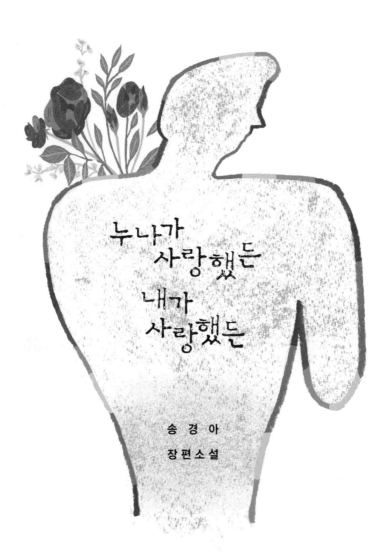

누나가
사랑했든
내가
사랑했든

송경아

장편소설

창비

차 례

우리와 비슷한, 그러나 다른, 하지만 같은.

그런데, '우리'는 누구일까?

우리 집에는

대마왕이 산다

우리 집 아침 식사는 늘 비슷비슷하다. 토스트, 계란 프라이, 햄, 치즈, 버터, 잼, 우유. 엄마가 계란 프라이 네 개를 후다닥 구워 커다란 접시 위에 놓으면 나머지는 알아서들 집어 먹는다. 가끔 시리얼이 나올 때도 있지만 확실히 시리얼은 일찍 배가 꺼진다. 하지만 엄마 아빠는 맞벌이를 하고, 누나와 나는 밥을 씹어 삼킬 시간 오 분보다 아침잠 잘 시간 오 분에 천금 같은 가치를 부여하는 대한민국의 고등학생들이니 차리고 먹고 치우기 번거로운 밥과 국보다 이런 식사가 훨씬 편하다.

아, 정정. 누나는 수시 합격으로 '대한민국의 고등학생' 처지를 몇 달 전에 졸업하셨다. 이제는 서울 모 대학의 당당한 미대 신입생이시다.

부러워 죽겠다.

그렇다고 우리 집 아침 식사가 바뀔 일은 없다. 어차피 누나가 요리를 하는 것도 아니니까. 누나가 요리를 한다고? 차라리 곰이 하늘을 날아다니고 새가 스킨스쿠버를 하는 쪽이 빠르겠다. 거창하게 요리까지 갈 것도 없다. 재작년 밸런타인데이 때 누나가 남친에게 주겠다고 네 시간 동안 낑낑거리며 만든 초콜릿 맛을 본 적이 있다. 어떠냐고 의기양양하게 묻는 누나에게 솔직한 감상을 말했다.

"대체 그 비싼 재료로 어떻게 이런 맛을 낼 수가 있어?"

내 말뜻을 단숨에 이해한 누나는 다음 순간 옆에 있던 국자를 집어 들어 내 머리를 때렸다! 아픈 건 둘째 치고 어안이 벙벙해서 잠시 얼어붙어 있는데 누나가 귀가 찢어질 듯이 크게 소리쳤다.

"야, 너 어떻게 그런 말을 할 수가 있어! 여친한테 초콜릿 한번 못 받아 본 주제에, 니가 초콜릿 맛을 알기나 해?"

나는 완전히 기선이 제압된 채 멍하니 누나를 바라보았다. 누나는 씩씩거리며 초콜릿 상자를 챙겨 들고 자기 방으로 사라졌다. 아니, 대체 누가 화를 내야 하는데! 맛없는 초콜릿을 먹고 해 달라는 대로 평도 해 주었는데, 얻어맞은 내 쪽이 화를 내야 하는 거 아냐? 하지만 명색이 누나인데 어떻게 할 수는 없고, 나도 그저 닫힌 방문에 대고 소리만 질렀다.

"야, 이 대마왕아! 그렇다고 동생을 국자로 패냐? 그 초콜릿 갖다 주고 둘이 확 깨져 버려라!"

"뭐, 이 자식아?"

문이 벌컥 열리는 순간 냅다 내 방으로 튀었다. 누나가 한참 내 방문을 쾅쾅 두들겼지만 내가 미쳤냐, 열어 주게?

다음 날 누나는 남친에게 그 초콜릿을 주었고 그 후 한 달이 안 되어 깨졌다고 징징댔다. 누나 말로는 그놈이 바람을 피웠다는데, 내 생각에 둘이 헤어진 데는 누나가 만든 초콜릿 맛도 일조했을 것 같다.

사실 요리뿐만이 아니다. 누나는 이른바 '여성적인' 것과는 거리가 멀다. 나이 스무 살이 다 되도록 화장 한번 안 해 본 여자는 내 주변에 우리 누나밖에 없다. 눈썹을 그리네 마네 입술을 바르네 어쩌네 하는 차원이 아니다. 기초화장을 제대로 하는지도 상당히 의심스럽다. 최소한 누나 방에서 스킨이나 로션 병을 본 기억은 없다. 패션? 교복 말고는 청바지와 티셔츠밖에 입지 않는다. 교복은 당연히 입학할 때 엄마와 같이 가서 맞춘 그대로의, 어디 하나 줄이거나 손댄 일 없는 천연 교복이다. 이쯤 되면 누나가 입는 청바지와 티셔츠가 어떤 수준인지도 알 만할 것이다. 청바지와 티셔츠는 훌륭한 패션이 될 수도 있건만, 적어도 누나에게는 밖에 나갈 때 몸을 가리는 껍질 정도의 의미밖에 없는 것 같다. 아, 야만인!

그러나 모든 사람에게 장점은 하나쯤 있는 법……이라지만, 얄

밉게도 누나에게는 남들 눈에 딱 보이는 엄청난 장점이 두 가지나 있다. 첫 번째는 옷걸이가 괜찮다는 점이다. 누나는 아직까지도 '성장기의 청소년'이라는 말이 어울릴 만큼 무시무시하게 먹어 치우는데도 165센티미터에 47킬로그램을 유지한다. 특별히 다이어트 같은 건 해 본 적도 없다. 이목구비도 또렷한 편이어서, 길게 머리 길러 매직 펌을 하고 입 다물고 예쁜 옷 입고 얌전히 있으면 미대생에 대한 남자들의 판타지에 딱 들어맞는다. 즉, 남자들이 꽤나 쫓아다닐 스타일이라는 거다. 하지만 내 생에 그런 모습을 보는 날은 오지 않겠지. 아니, 생각해 보니 우리 집에 드나들면서 누나의 본색을 다 보고도 누나에게 넋이 빠진 멍청한 놈도 하나 있다. 그 멍청한 놈이 내 친구라는 게 안타까울 따름이다.

두 번째는, 이게 참 결정적인데, 공부를 상당히 잘한다는 것이다. 전교에서 노는 수재 급은 아니지만 적어도 나보다는 잘한다. 명문대까지는 아니어도 서울 안에 있는 대학에 수시로 합격할 정도로는 잘한다. 게다가 나와 연년생이다. 그 덕분에 어렸을 때부터 내가 받은 스트레스와 설움은 상상을 초월한다. 오늘 아침 식탁에서도 마찬가지였다.

"예경이랑 성준이랑, 이번 토요일에 할아버지 댁 가는 거 알고 있지?"

엄마가 툭 던진 말 한마디에, 마지막 남은 빵을 먼저 집으려던 우리 둘의 손이 딱 멈췄다.

"토요일부터요?"

"엄마, 설은 월요일인데 왜 토요일부터 가요?"

할아버지는 먼 지방에 사시는 것도 아니고, 지하철로도 갈 수 있는 수도권에 살고 계신다. 그래서 지금까지는 늘 명절 전날 오전에 내려가서 차례 준비를 한 다음 명절 오후에는 외할아버지 댁에 갔던 것이다. 엄마는 아무렇지도 않은 듯이 대답했다.

"저번에 예경이가 고 3 된다고 안 가는 바람에 할머니랑 큰어머니랑 나랑 한결 바빴잖아. 이번엔 조금 일찍 가서 벌충해야지."

"엄마, 그럼 나는 안 가도 되죠? 나도 이제 고 3이잖아."

내가 잽싸게 말을 끼워 넣자 누나가 내게 고리눈을 떴다. 하지만 내 말을 딱 잘라 거절한 것은 엄마 쪽이었다.

"안 돼. 네가 가야 장을 봐서 들고 올 사람이 있지."

"아, 엄마아. 나도 공부해야 돼요. 그런 건 종현이한테 시키면 되잖아."

종현이는 이제 고 1 올라가는 큰집 사촌동생이다. 그렇지만 말을 꺼내면서도 나는 반쯤 포기하고 있었다. 귀하신 몸에게 그런 일을 시킬 리가 있나. 누나가 성적 분포에서 진골쯤이라면 종현이는 어렸을 때부터 성골 계급 안에서 놀았다. 나? 나는 향소부곡을 간신히 벗어난 평민 정도라고 해야겠지. 아니나 다를까, 엄마가 그 말을 듣더니 피식 웃었다.

"종현이야말로 바빠서 이번에 올지 안 올지 모르겠다. 걔 이번에 외고 들어갔잖니. 선행 학습 해야 할 것도 무지 많고, 매일 밤 12시 넘어서까지 참고서랑 문제집에 코를 박고 산다더라. 네가 하루 늦게 오면 그 정도 공부할 거야? 텔레비전 보고 패션 잡지나 들여다보려고 늦게 가려는 거 아니고?"

"남자애가 여성지를 아주 끼고 살아요. 취미도 참 희한해."

누나가 옆에서 엄마를 거들며 마지막 빵을 잽싸게 채 갔다. 울컥하는 마음에 큰소리가 나오려는 것을 간신히 참았다. 빵도 빵이지만, 아니 패션지가 어디가 어때서? 그러면 그 나이 되도록 기초 화장 하나 제대로 할 줄 모르는 누나는 뭐 여자답나? 이런 건조한 겨울철에 립밤 하나 안 챙겨 발라서 입술에 각질이 허옇게 일어나 있으면서, 왜 남의 취미에 남자애니 여자애니 시비란 말인가.

하지만 이런 말을 꺼내면 아침 식탁에서 한바탕 전쟁이 일어날 판이니, 그냥 내가 참아야 한다. 누구한테 지고는 못 사는 그 성격이 아니었다면 머리도 별로 좋지 않은 누나가 공부를 그 정도로 독하게 할 리도 없었을 것이다. 어차피 엄마 아빠가 다 계시는 아침 식탁에서는 내가 불리하다. 참자 참자 참자. 나는 마음속으로 커다랗고 시뻘건 참을 인(忍) 자를 세 개 썼다. 방금 먹으려다 빼앗긴 빵 생각이 나서 하나 더 썼다. 그러나 분이 쉽게 가라앉지는 않았다.

참, 아들 흔한 집안의 공부 못하는 자식은 이렇게 서럽다. 그런 생각을 하며 누나를 노려보자 누나는 내 눈에서 무엇을 읽었는지

"억울하면 뭘 해도 아무 소리 안 듣게 성적을 올리든지."

하고 아주 가슴에 대못을 박는 소리로 마침표를 찍으며 제 접시로 가져갔던 빵을 날름 먹어 치웠다. 어이, 전예경, 한 살 많은 우세를 톡톡히 하는 누나 씨, 너님이 간 대학도 그리 대단한 곳은 아니잖아? 서울 안에 있고 내가 가기에는 커트라인이 좀 높다는 것 외에는……

에고, 그만하자. 말할수록 나만 비참해진다.

그래서 결국 나는 토요일에 할아버지 댁에 끌려갔다. 할아버지 댁은 수도권에 있기는 하지만 전형적인 시골식 집이다. 지붕도 있고 툇마루도 있고 마당도 있지만, 우아하거나 격식 갖춘 한옥은 아니다. 한 사오십 년 전 새마을 운동 때쯤을 배경으로 한 영화에 나오면 딱 어울릴 만한 집이었다. 하긴 할아버지 댁이 수도권에 편입된 지도 얼마 되지 않았다. 어렸을 때만 해도 차 없으면 할아버지 댁에 가기가 쉽지 않았으니까. 그래도 그때는 좋았다. 명절이나 방학 때 할아버지 댁에 가면 사촌들과 흙길을 뛰어다니고 개구리를 잡으며 놀기 바빴으니까. 여름에는 마당에 있는 수도에서 몸을 씻다가 서로 호스 쟁탈전을 벌여 옷이 흠뻑 젖고…….

명절에 할아버지 댁에 가기 싫어진 것이 언제부터였더라? 아마 중학교 때부터였던 것 같다. 그 전에야 사촌들과 놀고 명절 때 어른들한테 세뱃돈이나 용돈 타는 맛에 그저 신이 났다. 하지만 누나와의 성적 차이가 어른들 입에 오르내리기 시작하면서부터는 할아버지 댁이 점점 가시방석이 되어 가더니, 예비 고3이 된 올해는 마침내 세뱃돈을 반납하더라도 참석하고 싶지 않을 정도로 괴롭다는 것을 깨달았다. 만약 재수라도 하게 된다면 더욱 끔찍해지겠지. 으으.

명절 나들이의 시작은 평범했다. 가서 어른들에게 인사드리고 사촌들과 데면데면하게 인사를 했다. 큰집의 종수 형은 군대에 다녀와 대학 졸업하고 취직까지 했으니 한참 어른으로 느껴졌고, 늦둥이 종현이는 예상대로 오지 않았다. 작은집의 경수는 아직 중 2, 경민이는 초등학교 6학년이다. 나는 속으로 '좋을 때다.' 하고 뇌까렸다. 저때로 다시 돌아간다면 공부를 열심히 할까? 그건 잘 모르겠지만, 그래도 고 3보다는 좋을 때다. 부럽구나.

할아버지 할머니는 오랜만에 우리가 이틀을 자고 간다 하니 좋아서 입이 벌어지셨다. 종수 형과 함께 큰어머니와 엄마를 따라 마트에 가서 제수용 음식을 사 나르다 보니 오후가 거의 다 지나갔다. 그 다음에 남자들은 텔레비전을 보고 여자들이 부엌에서 음식 준비를 한다고 부산을 떠는 동안 나는 방에 들어가서 무료하게 인터넷을 돌아다니다가 마찬가지로 명절이라고 친척 집에 끌려갔거나 아직도 차 안에 갇혀 있는 친구들과 카톡으로 수다를 떨었다. 모두들 어른들이 꺼낼 대학 이야기를 두려워하며 끙끙거리고 있었다. 그 가운데 고 3이라고 명절 귀성을 면제받은(주로 성적 좋은) 녀석, 본가가 서울이거나 자기 집인 녀석 들도 있어 부러움을 샀다. 하긴 나도 할아버지 댁이 가까워서 운이 좋은 편이다. 안 그 랬으면 친척들 모인 자리에서 받는 스트레스는 그대로에, 몸은 훨 씬 더 피곤했을 테니까.

그렇게 두어 시간 보내고 나자 밥 먹으라고 부르는 소리가 들렸 다. 나는 휴대폰을 내려놓고 큰방으로 건너가며 마음을 단단히 먹 었다. 이제 전투, 정확하게는 방어전이 시작된다. 적들은 사방에서 탄환을 쏘아 댈 것이다. 납작 엎드려서 최대한 피해를 덜 받고 무 사히 살아남자.

"예경이가 서울에 있는 대학 들어가서 정말 다행이에요. 요즘은 기숙사 들어가기가 그렇게 어렵다면서요? 여자애 혼자 지방 가서 자취하는 게 쉬운 일도 아니고. 이제 성준이만 대학 잘 가면 그 집 은 큰 숙제 끝났네요. 안 그래요, 형님?"

포문을 연 것은 작은어머니였다. 나쁜 분은 아닌데 가끔 참 오지 랖이 넓다. 고깃국에 말아 먹던 입 속의 밥알이 갑자기 깔깔하게 느 껴졌다. 엄마는 내가 그 밥을 다 삼키기도 전에 잽싸게 대답했다.

"그렇지. 기숙사도 하늘에 별 따기고, 자취방 방값도 엔간히 비 싸야 말이지. 예경이는 돈 벌어 준 거야. 워낙 자기가 알아서 열심 히 했으니까. 그런데 성준이는 독한 구석이 없어서 그렇게는 못 할 거 같아. 나야 형님네가 부러울 뿐이지. 형님은 종현이가 외고 들 어가서 얼마나 좋으세요? 서연고 정도는 따 놓은 당상이잖아요?"

나이스, 엄마! 그래, 비교당하는 건 싫지만 이야기의 초점이 내게 맞추어지는 것보다는 아예 종현이에게 스포트라이트가 돌아가는 편이 훨씬 낫다. 나는 입을 우물거리며 대화가 다른 데로 흘러가기를 기다렸다. 하지만 어른들 이야기는 두서없이 이 집 저 집을 오가면서도 대학과 성적에서 벗어나지 않았다. 원 참, 명절에 친척들이 모여서 자식들 공부 말고는 할 얘기가 그렇게 없나요. 종수 형부터 어린 경민이와 경수까지, 우리 '자식들'은 모두 고개를 숙인 채 말없이 밥만 먹었다. 대학에 이미 합격했고, 큰집 작은집까지 세 집 통틀어 유일한 딸이라는 특권 때문에 늘 까불거리며 어른이 있어도 할 말 다 하는 누나마저도 그랬다. 어느 때보다도 동기간의 유대감이 절절히 느껴지는 순간이었다.

그래, 말 나온 김에 나도 대학 이야기 좀 해 보자. 나라고 좋은 대학에 안 가고 싶은 거 아니다. 대한민국의 어느 고 3이 좋은 대학에 가고 싶지 않을까. 기왕이면 서울대 연대 고대면 좋지. 서연고 서성한 중경외시. 유행어가 되어 네이버 자동 검색어에도 올라간 대학 순위 아닌가.

하지만 말이다, 그러려면 훨씬 일찍 시작했어야 했다. 어른들 말을 빌리자면 '일찍부터 정신을 차렸어야' 하는 거다. 빠르면 초등학교, 늦어도 중학교 시절을 학원과 선행 학습에 바쳐 종현이처럼 외고에 갔어야 했다. 나야 타고난 머리가 없으니 특목고까지는 무리일지 몰라도, 초등학교 중학교 때부터 숨 쉴 틈 없이 학원 다니고 과외받고 자는 시간 줄여 가며 공부했다면 지금쯤 전교 상위권에서 놀고 있을지 모른다. 전교에서 노는 놈들은, 애초에 머리 좋게 타고난 놈들이 아니면 다 그런 수순을 밟았다.

그런데 그래서 뭐 하지? 그럴 자신도 없지만 그렇게 해서 뭐가 되는지도 막막하다. 대학에 들어가서도 학점 관리, 아르바이트, 어학 연수에 코를 박아야 할 테고, 사오 년 후에는 그렇게 해서 만든 스펙을 들고 여기저기 입사 지원서를 내고, 운 좋게 기업에 들어가면(기업은 크면 클수록 좋다.) 역시 운이 좋으면 정년퇴직까지 열심히 일하는 미래가 기다린다. 이게 어른들이 눈앞에 보여 주는 우리의 장래 희망인데, 별로 매력도 없고 재미도 없는 그 희망을 위해 지금 하고 싶은 것을 다 하지 말라는 건 심한 얘기 아닌가? 꿀맛 같은 텔레비전 시청과 온라인 게임, 친구들과 함께 하는 농구 게임과 수다, 요일마다 나오는 웹툰, 달마다 나오는 패션지, 가끔가다 친구들과 마시는 맥주. 공부 잘하는 놈들이 이런 소소한 생활의 재미를 다 누려 가며 공부를 한다고 생각하나? 반대로 말하면, 이런 재미들을 다 포기해 가며 이미 잘하는 놈들이 진 치고 있는 게임에 뛰어들어야 하나?

물론 이런 이야기를 어른들 앞에서 입 밖에 낼 정도로 내가 바보는 아니다. 우리들 사이에서도 공부 좀 열심히 하는 놈 앞에서 이런 이야기를 하면 루저나 배부른 놈 취급을 받는데, 어른들 앞에서 이런 말을 했다가는 '패배자적인 사고방식'이니 뭐니 하면서

긍정적으로 생각하라는 설교를 한참 들을 게 뻔하니까. 그래서 나는 자꾸만 튀어나오는 입을 억지로 집어넣으며 이미 맛을 느낄 수 없게 되어 버린 명절 음식들을 꾹꾹 씹어 삼켰다.

내신, 학원비, 대학 입시, 등록금까지 이어지는 이야기 속에서 어느덧 식사가 다 끝났다. 하지만 모두 밥그릇을 치울 생각도 하지 않은 채 입시 정보와 성적 잡담에 열중해 있었다. 에혜라, 우리 집 어른들이 이렇게 열렬히 대화하는 것도 몇 년 만에 처음 보는 일이로구나. 나는 얼굴에 불만을 가득 담은 채 구원군이 없을까 싶어 주위를 슬쩍 둘러보았다. 그런 나를 보았는지 할아버지가 헛기침을 하셨다.

"공부 얘기, 대학 얘기 그만 좀 해라. 애들 스트레스 받아서 소화도 안 되겠다. 성준이야 예경이가 대학 들어갔으니 공부 가르쳐 주면 되는 거고……."

"싫어요!"

누나와 내가 동시에 외쳤다. 누나가 함께 소리를 지르리라고는 생각도 못 했던 나는 멀뚱멀뚱 누나를 쳐다보았다. 어른들도 갑자기 난 큰 소리에 놀라 우리를 바라보았다. 내가 아무 말도 못 하고 있는 사이, 누나가 재빨리 덧붙였다.

"형제간에는 공부 가르치는 거 아니래요. 내가 쟤 공부 가르치면 의 상한단 말이에요."

의? 의라고? 우리 사이에 형제간의 의가 있었나? 자기 용돈 떨어질 때마다 나를 갈취한 건 누구고, 성적 안 나왔다고, 취미가 요 상하다고 도맡아 갈구는 건 누구지? 생리 때마다 온갖 짜증을 내 며 심부름을 시키고, 하다못해 내가 밤에 라면 한 그릇을 끓여도 절반 이상 빼앗아 먹는 게 누구지? 기가 막힌 누나의 말에 어른들 은 뭐가 재미있는지 마구 웃는다. '그래, 예경이랑 성준이랑 어렸 을 때부터 사이가 좋긴 했지.' 소리까지 나온다. 어이가 없어 누나 를 바라보자, 누나도 나를 보고 생긋 웃는다. 아아…… 저건 여우 다, 여우야. 누나로 변신해 집에 들어온 여우가 틀림없어.

그게 벌써 한 달쯤 전의 일이다. 누나는 오리엔테이션을 마치고 대학 생활을 시작했고, 나도 수험생의 길로 접어들었다. 고 3이라 고 해도 내 생활은 별로 달라지지 않았다. 엄마가 과외를 하겠느냐 고 물었을 때 단호하게 안 한다고 대답했고, 누나 등록금이 만만치 않으니 엄마도 내심 안도하는 눈치였다. 물론 조금 달라진 부분도 있었다. 그래도 명색이 고 3이니까 학원은 하나 더 다니기로 했다. 같이 어울려 다니던 녀석들과 늘 나누던, 어제 농구 시합에서 어느 반이 이겼다더라 누가 누구랑 사귀고 우리 학교 여자애 누가 노래 방에서 담배 피우는 걸 누가 봤다더라 하는 시시콜콜한 수다에 누 구는 어느 대학에 갈 생각이라더라 우리 반 누구는 해외 어느 대 학에 지원서를 넣는다더라 하는 이야기가 가끔 섞이기도 한다. 친 하게 지내던 녀석들 중 두엇은 공부를 열심히 하겠다고 눈에 불을 켜고 학원 끝나자마자 쌩하니 독서실로 가기도 한다. 하지만 그래 봤자다. 내가 지금까지 학년 초에 열심히 하는 놈들 한두 번 봤나 뭐. 고 3의 압박에 잠시 눈이 멀어 길을 잃은 나의 친구들도 중간고사 즈음이 되면 다시 같이 어울려 떡볶이와 순대를 먹고 노래방과 피시방에 함께 가리라고 믿어 의심치 않았다.

하지만 누나의 생활은 변했다. 아주 많이 변했다. 일단 얼굴을 볼 시간이 없었다. 둘 다 고등학생일 때는 나가고 들어가는 시간이 비슷했다. 행동반경도 고만고만해서 나갈 때도 같이 나가고 들어올 때도 길목에서 마주치는 일이 잦았다. 그런데 대학에 가더니 시간표도, 가는 길도 달라졌다. 게다가 학교에 무슨 꿀을 발라 놨는지, 주말에도 눈만 뜨면 대충 씻고 휙 나가서 거의 12시가 다 되어서야 돌아온다. 핑계는 가지가지다. 어느 날은 학교 조 모임이고, 어느 날은 과제 때문에 도서관에 늦게까지 있어야 한단다. 가끔가다 술 냄새를 슬쩍 풍기며 들어오기도 하지만, 엄마 아빠는 이제 대학생이니까 어느 정도 봐준다는 분위기다. 나는 학원에 다니고 누나는 그렇게 집에 붙어 있지를 않으니 서로 얼굴 볼 일이 없어지고, 자연히 누나가 내게 시비를 걸 일도 줄었다. 모처럼 우리 사이에 평화가 자리 잡은 것이다. 편안한 평화지만 조금 허전하기도 했다. 죽어라 도망 다니다가 갑자기 톰이 자신을 잡으러 오지 않는다는 걸 깨달은 제리가 된 기분이랄까. 집에 왔는데 누나가 와 있지 않을 때는 시간이 아주 많이 남는 느낌이 들었다. 그렇다고 그

시간에 공부를 한 것은 아니지만.

그렇게 고 3 초입의 하루하루가 지나갔다. 매화가 피고 목련이 피고 봄비가 오면서 꽃샘추위와 봄기운이 조금씩 밀고 당기는 하루하루. 학교에서는 담배를 피우는 놈들이 하나둘 늘어 갔고, 연애하는 놈들도 부쩍 많아졌다. 그렇다고 부럽지는 않았다. 담배도 연애도 말이다. 담배야 돈만 드는 백해무익한 짓이고, 연애는……갑자기 가중된 성적 스트레스를 피하려다 보니 계절도 봄이겠다 연애를 도피처로 삼는 거다. 부럽지 않아! 내가 이렇게 말하면 친구 놈들은 안됐다는 눈길과 능글맞은 미소를 보내며 "소개팅 해 줄까?" 하고 묻곤 했다. 특히 최근에 연애가 성사된 놈들이 더했다. 그때마다 나는 "훗, 됐다!" 하고 '쿨 시크한' 미소를 지으며 거절했다. 그러나 아무도 그걸 '쿨 시크'로 받아들여 주지는 않았다.

"야, 그렇게 미리 포기하지 마. 무지 잘난 건 아니지만 너 정도면 얼굴도 키도 괜찮아."

이 정도면 아주 호의적이고 점잖은 반응이다. 좋은 친구라고 할 수 있다.

"너 인마, 연애도 안 하고 공부해서 얼마나 좋은 대학에 가려고 그러냐?"

나 정도 성적에 견제 심리를 느끼다니, 이런 지질한 놈들.

"여자애 만날 기회를 차다니, 성준이 너 고자였냐? 야동은 보냐?"

……이게 내 베프를 자처하는 놈에게서 나온 말이었다.

"문세호, 너 이 새끼! 죽고 싶냐? 아니, 우리 누나 소식 더 안 듣고 싶냐?"

"으아, 잘못했어! 그럴 리가 있냐? 내가 한 말은 취소, 취소. 내 절친이자 장래 처남인 성준이가 고자라니, 아닙니다요. 성준이 물건은 엄청 커서 휴지 심에도 안 들어가고……."

결국 세호 녀석은 등짝에서 먼지가 나도록 맞고서야 입을 다물었다. 하긴 내가 패서 입을 다물었다기보다는 누나 소식을 알려주지 않겠다는 협박이 먹힌 것 같지만. 고 1 때 같은 반이었고 같은 학원에 다니면서 우리 집에 계속 드나든 녀석이, 누나의 진면목을 볼 만큼 본 녀석이 대체 왜 우리 누나에게 목을 매는지 정말 알 수 없는 일이다. 작년에는 수학여행에 가서 한번 진지하게 물어본 적도 있었다.

"야, 너 우리 누나가 좋다는 거 농담이지? 그 왈가닥 깡패가 왜 좋다는 거냐?"

녀석은 씩 웃더니 딱 한마디 했다.

"예쁘잖아."

할 말이 없었다. 역시 남자는 겉모습에 죽고 사는 생물인가. 누나와 나의 생활을 적나라하게 보아 온 녀석이 이 정도니, 누나의 멀끔한 허우대에 또 누가 속을지 모르는 일이다.

그렇게 지나가던 4월 중순의 금요일이었다. 그날따라 우중충하고 후덥지근했다. 슬슬 떨어져 가는 벚꽃이 나뭇가지에 무겁게 매달려 있었다. 그날 밤이나 다음 날 비가 오고 나면 벚꽃은 다 져 버릴 것 같았다. 조금만 건드려도 짜증이 날 것 같은 날씨에, 5교시 체육 시간에 6교시 수학, 게다가 중간고사가 머지않았다. 저녁이 되자 건장한 놈이고 비리비리한 놈이고, 공부를 잘하는 놈이고 못하는 놈이고 다들 처진 기색이 역력했다.

"아…… 피곤하다. 학원 끝나고 맥주 한잔할래? 내가 살게."

세호가 학원 쉬는 시간에 기지개를 켜며 물었을 때 나는 고개를 저었다.

"됐다, 피곤해 죽겠다. 그냥 집에 가서 일찍 잘 거야. 내일 낮까지 잘 거니까 전화도 하지 마라."

생각해 보면 그때부터 일이 꼬이려고 그랬던 거다. 차라리 세호와 동네 놀이터에서 캔맥주라도 한잔하고 아예 늦게 들어갔어야 했다. 그랬으면 누나가 술이 취해 들어오는 꼴을 안 봤을 테고, 그랬으면 그 후에 일어난 모든 일들이 일어나지 않았을 수도 있었다. 하지만 누가 알았겠는가. 운명이란 피하고 싶다고 피할 수 있는 게 아닌 걸. 그때는 누가 뒷목에 무거운 돌이라도 얹어 놓은 듯 머리가 멍해서 얼른 집에 가서 씻고 자고 싶은 생각밖에 없었다. 수업 끝나는 벨이 울리자마자 나는 교재와 프린트물을 가방에 후다닥 쑤셔 넣고 학원 셔틀버스에 올라탔다.

반쯤 졸며 집에 들어가니 11시였다. 방으로 들어가려는데 엄마가 불렀다.

"아들, 엄마 내일 워크숍 가느라 일찍 자야 하니까 네가 누나 좀 기다렸다가 문 열어 줘. 알았지?"

"누나도 열쇠 있잖아."

"깜박하고 열쇠 놔두고 나갔다더라. 이렇게 늦을 줄 몰랐대."

"누나는 뭐 하느라 이렇게 늦는대요? 고 3보다 더 늦어?"

"요즘은 대학생이 더 바빠. 누나도 곧 중간고사잖아. 리포트도 준비하고 할 일이 많은가 보더라. 하여간 알았지? 엄마 먼저 잔다."

아빠는 이미 한잔하고 들어와 안방에서 주무시는 모양이었다. 하는 수 없다. 늦게 태어난 게 죄지 뭐.

"알았어요."

나는 불퉁하게 말하고 방에 가방을 내려놓았다.

샤워를 하고 옷을 갈아입고 나자 잠이 조금 깨는 것 같았다. 어차피 일찍 자기는 글렀고, 그렇다고 이 상태에서 공부를 할 마음은 전혀 없었다. 누나가 늦어 봤자 얼마나 늦겠나. 나중에 엄마 아빠한테 죽고 싶지 않으면 1시까지는 들어오겠지. 웹툰을 보면서 낄 낄거리고 시간을 죽이고 있는데 삼십 분쯤 지나 조심스럽게 현관문을 두드리는 소리가 났다. 툭, 툭.

'허, 웬일이셔? 양심상 벨은 못 누르겠다 이거지?'

웹툰을 보면서 기분이 좋아졌기 때문인가, 누나가 안 하던 짓을 하는 게 나름 귀엽게 느껴졌다. 나도 조심스럽게 문을 열며 목소리를 낮췄다.

"왜 이렇게 늦었어? 엄마 아빠 주무셔…… 헉!"

순간 문간에서 물러나다가 신발에 걸려 뒤로 넘어질 뻔했다. 문틈을 채운 광경은 멋쩍게 웃으며 들어오는 누나가 아니라, 누나의 늘어진 몸뚱이와 그 몸뚱이를 부축한 남자였다. 그 남자도 놀랐는지 황급하게 누나 몸을 부축하지 않은 손을 내젓다가 닫히려는 문을 가까스로 잡았다.

"아니, 아니, 난 예경이 선배인데 집이 이 근처라, 예경이가 술을 많이 마셔서, 데려다 준다고……."

더 이상 듣지 않아도 어떻게 된 일인지 알 만했다. 그러나 내가 놀란 것은 술 취한 누나나 낯모르는 남자 때문이 아니라…… 아니, 그 남자 때문이었다. 180센티미터도 넘어 보이는 훌쩍하니 큰 키와 가무잡잡한 살결에 무게 있는 인상, 삐죽삐죽하게 솟은 머리카락 아래 짙은 눈썹, 크지는 않지만 진지한 눈. 깊은 목소리. 말도 안 돼. 저 촌스러운 진한 주황색 폴로셔츠가 남자에게 어울릴 수도 있다니.

"예경이 동생이야? 다행이다. 부모님은 주무셔? 안 깨셨지?"

"네…… 네."

두근.

"저기, 일단 얘 좀……."

"네? 네."

두근두근. 심장이 머릿속에서 뛸 수도 있구나. 공기가 통할 리 없는 계단식 아파트에 시원한 바람이 불고 해와 달과 별이 한꺼번에 뜰 수도 있구나. 축 늘어진 누나의 몸을 그가 조심스레 내게 넘겨줄 때, 손이 살짝 맞닿았다. 나도 모르게 침을 꿀꺽 삼켰다. 가슴아, 그만 쿵쾅거려라. 피야, 제발 얼굴로 몰리지 마라. 태연한 척, 태연한 척.

"자, 가방은 여기 있고. 그럼 난 이만 가 볼게."

그가 할 일을 다했다는 얼굴로 몸을 돌리려고 했다. 그건 맞는데, 그를 그냥 보내기는 싫었다. 조금이라도 더 붙잡고 싶었다. 나도 모르게 그를 불렀다.

"잠깐만요!"

"응? 왜?"

그가 나를 쳐다보자 머릿속이 하얗게 비어 버렸다. 입이 저절로 움직여 엉뚱한 말이 나왔다.

"누나가 술 많이 마셨어요?"

그가 난처한 얼굴을 지었다. 아아, 그렇군. 난처한 얼굴을 지을 때는 눈이 살짝 작아지고 이마가 어두워지는 사람이로군. 그의 그런 얼굴을 보자 나까지 가슴이 미어지는 것 같았다.

"좀 떨어진 자리에 앉아 있어서 제대로 못 봤지만…… 소주 두 병 정도?"

"으엑!"

나는 마음속 깊은 곳에서 우러나오는 비명을 질렀다. 그 정도 마시고 이렇게 늘어졌으면 어떻게 감춰 주고 싶어도 감춰 줄 수가 없다. 내일은 누나 제삿날이 되겠구나. 그나마 엄마가 회사 워크숍에 가신다니 운이 좋은 거다. 아빠가 누나를 제대로 야단치는 건 한 번도 본 적이 없으니까.

누나를 데려다 주어 고맙다고 몇 번이나 인사하고, 어떻게 보냈는지도 모르게 그를 보내고, 흐느적거리는 누나 몸을 침대에 구겨 넣고 난 후 나는 지끈거리는 머리를 싸안고 침대에 누웠다. 흔한 얘기겠지만, 삶이란 예기치 못한 모퉁이 뒤에 숨어 있다가 사람을 기습하는 법인가 보다. 아니면 삶에는 즐거움과 괴로움의 총량이 정해져 있다던데, 지금까지 껄렁대며 그럭저럭 즐겁게 잘 살아오는 동안 미루어 온 나의 십구 년 치 번뇌가 인간의 탈을 쓰고서 누나를 안고 들어왔는지도 모르겠다. 후덥지근하게 숨 막히는 이 봄밤에, 마주 보고 싶지 않았던 나의 정체성이 쓰나미처럼 덮쳐 와 나를 짓누르고 익사시켰다. 어디로도 도망칠 수가 없었다.

그래, 나는 게이다. 남자를 좋아하는 남자다.

모두 잠든 집 안에서 씩씩거리는 내 숨소리가 귀에 거슬렸다. 차라리 숨을 딱 멈춰 버릴 수 있으면 좋으련만. 한참 동안 멍하게 숨소리에 귀를 기울이다 보니 창밖에서 빗줄기가 쏟아지는 소리가 들리기 시작했다. 그는 우산을 갖고 있을까. 물어보고 우산을 빌려

줄걸. 왜 그 생각을 하지 못했을까.

　머리를 흔들어 그의 생각, 그의 모습을 털어 내고 싶었지만 쉽지 않았다. 애써 마음속에 파묻었던 나의 정체는 죽여도 죽지 않는 좀비처럼, 지옥에서 올라온 악마처럼 더욱 커지고 가까워진 모습으로 되살아났다.

　그런데 그 악마를 불러온 건 누구지? 나를 시험에 들게 한 게 누구지? 두 번 물어볼 필요도 없다. 건넌방에서 정신없이 늘어져 있는 47킬로그램짜리 큰 악마다. 순간 어둡고 흐릿하게 엉켜 있던 머릿속에 커다란 불이 반짝 켜졌다. 맞아, 내가 평소에 입버릇처럼 하던 말이 진실이었어. 누나야말로 우리 집에 사는 대마왕이었던 거다!

마이

 게이 라이프

나, 전성준, 19세, 키 174센티미터에 몸무게 70킬로그램. 흔한 이름, 무지 잘난 구석도 없지만 그렇다고 보기 싫을 정도로 못나지도 않은 외모. 서울에서 너무 멀지 않은 지방 사립대에 갈 수 있을, 중간 정도의 성적. 한마디로 평범 그 자체다. 좋아하는 색은 노랑과 빨강. 가무잡잡한 내 피부에 잘 받는 색이기 때문이다. 같은 이유로 파란색은 피부와 안 어울려서 싫어한다. 시시한 농담 따먹기를 좋아하고, 운동을 싫어하는 건 아니지만 텔레비전 보고 웹툰 보며 시간을 보내는 게 더 좋다. 특이한 취미가 있다면 패션 잡지 보는 건데, 놀림당하거나 간섭받고 싶지 않으니까 웬만한 학교 친구들 앞에서는 봉인해 놓는다. 우리 가족과, 3년지기 친구인 세호와 중학교 때 친구들 두엇 빼놓고는 내가 패션 잡지를 보는 취미가 있다는 사실을 아무도 모른다.

나 빼고는 내가 게이라는 사실을 아무도 모른다.

마이 게이 라이프, 운도 잘 맞지. 발음해 보면 입 안에 착착 달라붙으며 데굴데굴 잘도 구른다. 그러나 십구 년밖에 되지 않은 내 인생에서 가장 삐걱거리는 부분, 가장 벗어던져 버리고 싶은 부분이 내가 게이라는 사실이다. 나도 평범한 이성애자라면 얼마나 좋을까. 그랬다면 지금쯤 풋사랑 풋연애를 몇 번쯤 해 보고, 날씨 좋은 주말마다 데이트를 한답시고 영화관과 패스트푸드점을 전전하다가 여자애랑 섹스까지는 모르겠지만 키스 정도는 해 보았을지도……

잠깐, 그렇다고 내가 이미 남자와 키스나 섹스를 했다고는 생각하지 않았으면 좋겠다. 물론 내 나이에 이미 그런 경험을 가진 동성애자들도 꽤 있을 것이다. 동성애 커뮤니티 같은 곳을 보면 그런 경험담도 흔히 올라오니까. 하지만 동성애자 아닌 사람이 꼭 이성을 사귀어 본 다음에야 '나는 이성애자다!' 하고 외칠 수 있는 건가? 이성을 보고 두근거리고, 이성과 손잡고 키스하고 진도 나가는 상상을 하며 흥분하고, 그러면 이성애자인 거 아니냔 말이다. '넌 경험이 없으니까 아직 이성애자인지 아닌지 몰라.'라고 말할 사람은 아무도 없을 거다. 마찬가지다. 나는 남자든 여자든 누구와도 내 또래 녀석들이 보통 하는 정도를 넘어서는 스킨십을 해 본 적이 없다. 하지만 여자를 보고 가슴이 두근거린 적은 없고, 남자를 보고 그런 적은 있었다. 그러니까 나는 게이인 거다.

중학교 2학년 때를 생각하면 그 녀석의 얼굴밖에 생각나지 않는다. 아니, 퇴색한 흑백 사진 같은 다른 기억들 속에서 그 녀석에 대한 기억만 선명한 부조로 튀어나와 있다고 하는 게 더 정확하려나. 다른 사람이 보기에는 그 녀석도 나도 평범한 중학교 2학년 남자애였을 것이다. 그러나 내 눈에 그 녀석은 세상에서 가장 특별한 존재였다.

유동일. 나의 첫사랑은 그때 당시 170센티이던 나보다 조금 키가 작고 약간 통통한 체격에 뿔테 안경을 쓴, 얼굴이 희고 눈이 선하게 생긴 녀석이었다. 당연히 별명은 우동이나 유부 우동이었고, 짓궂은 놈들은 '통통 불은 우동'이라고 놀려 댔다. 하지만 놀림은 거기까지였다. 녀석은 우리 반에서 5등 안에 들었고 그 몸집 치고는 놀라울 정도로 운동을 잘했다. 성격도 좋아서 다른 아이들이 놀리는 말은 잘 받아넘기고, 부탁하는 일은 대체로 다 들어주었다. 여자들은 어떤지 모르지만, 남자들 사이에서는 무골호인이나 빵셔틀이 성격 좋다는 이야기를 듣지는 않는다. 어느 정도 강단이 있고 능력이 있는 놈이 자기가 손해 보지 않는 선에서 다른 사람 말을 잘 들어줄 때에야 비로소 성격이 좋다는 평판을 얻는 것이다. 동일이는 그런 녀석이었다. 그 녀석은 어떤 사람 말도 거절한 적이 없었지만 그 누구도 동일이에게 무리한 부탁을 하지 않았다. 우리 반에서 동일이와 의를 상해도 좋다고 생각하는 놈은 별로 없었다. 동일이가 범접할 수 없는 카리스마를 지닌 리더 같은 타입이어서 그랬던 것은 아니다. 그냥, 열받을 정도로 잘나지는 않았는데 잘나긴 잘났고 같이 있으면 거슬리는 데 없이 유쾌하며 적으나마 내게 도움이 되는 친구. 사회 부적응자가 아니라면 이런 친구와 굳이 척을 지고 싶은 사람은 아무도 없을 것이다.

그해 여름 방학이 아니었다면 동일이는 그렇게 유쾌한 친구로만 머릿속에 남아 있다가 해가 가고 학년이 바뀌면서 기억에서 사라져 갔을 것이다. 하지만 중 2 여름 방학에는 대부분의 아이들이 거쳐 가는 관문이 있었다.

"모두 이번 여름 방학에 봉사 활동 끝내라. 중 3 돼서 하려면 숨 밭는다. 중 3부터는 이제 대학 준비야, 대학 준비. 다들 알았지?"

담임은 여름 방학 한 달 전부터 일주일에 두어 번씩 그 말을 되풀이했다. 중 3부터랄 것도 없었다. 특목고나 사립고 입시를 준비하는 애들은 중 1때부터 이미 학원과 과외를 몇 개씩 돌고 있었으니까. 하지만 나는 그런 고등학교에 갈 생각이 없었다. 엄마는 나보다 공부를 잘하는 누나도 특목고에 추천받을 성적이 안 된다는 것을 알고 나서 나는 아예 다그칠 생각도 하지 않았다. 물론 나도 중학교 때부터 입시 지옥에 몸담을 생각은 없었다. 그때나 지금이나 내게는 공부가 고유 명사가 아닌 추상 명사처럼 다가온다. 나도 학생인지라 시험이 끝나고 성적표를 받을 때에는 '에잇, 공부 열심히 해야지!' 하고 마음먹지만, 그 공부라는 게 매일 보는 반 친구들과는 달리 눈에 보이지도 손에 잡히지도 않는 물건이 아닌가. 조금만 긴장을 늦추면 흐지부지해져 버린다. 그리고 나는 일 년 내내 긴장하고 있을 만한 재목이 못 되는 사람이고. 하지만 담임이 이렇게 할 일을 콕 집어 말해 주면 얘기가 달랐다.

"야, 너 봉사 활동 어디 갈 거야?"

아이들은 벌써 함께 봉사 활동 갈 친구들을 수소문하고 있었다. 아무래도 뻘쭘하게 혼자 가는 것보다는 친구끼리 짝을 지어 가는 게 나으니까. 알고 보니 내가 너무 늦게 알아보기 시작한 모양이었다. 도서관이나 주민 센터같이 좀 편한 곳은 이미 다 찼고, 유치원 봉사 활동은 아이 좋아하는 여자애들이 차지했다. 남은 곳은 우리 집에서 너무 멀거나 썩 내키지 않는 곳이거나 그랬다. 나도 공부를 못하는데 양심이 있지 어린이 공부방 봉사 활동 같은 걸 할 수는 없잖은가. 몇 명 물어보고 서로 사정이 안 맞아 다른 짝을 찾아보고, 이 짓을 되풀이하던 도중이었다.

"전성준, 너 봉사 활동 아직 안 정했으면 나랑 같이 할래? 나 요양 병원 할 건데."

동일이가 싱글거리며 말을 걸어왔다. 나는 멈칫했다.

"어? 요양 병원? 그거 안 힘드냐?"

"에이, 길어 봤자 여덟 시간 채우면 되잖아. 네 시간씩 이틀인데 힘들면 얼마나 힘들겠냐. 같이 하자, 응?"

위치를 물어보니 우리 집 근처였다. 어차피 편한 자리는 찾기 힘들 것 같으니 동일이와 함께 하는 것도 괜찮겠다 싶었다.

"그러지 뭐. 언제 갈 건데?"

우리는 그 자리에서 날짜를 조율하고 전화번호를 교환했다. 그때까지는 서로 번호도 모를 정도로 데면데면한 사이였다.

곧 여름 방학이 시작되었고, 시간은 쏜살같이 날아가 어느덧 동일이와 만나기로 약속한 날이 되었다. 나는 전화로 위치를 물어 병원을 찾아갔다. 요양 병원이라고 해서 커다란 병원 부지 안에 있는 흰 건물과 그 앞에서 휠체어를 타고 산책하는 환자들을 상상했는데, 실제로 보니 병원 간판만 달렸을 뿐 평범한 5층짜리 건물이었다. 좁은 주차장에 승용차들이 빼곡하게 들어차다 못해 보도로까지 절반쯤 튀어나와 있어서 휠체어는커녕 지나가는 사람들 다니기에도 비좁았다. 나보다 조금 늦게 병원 앞에 나타난 동일이는 검은 비닐봉지를 들고 있었다.

"그 봉지는 뭐야?"

"이거? 비타 오백. 의사 선생님이랑 간호사 선생님들한테 드리려고."

"왜? 그런다고 점수 잘 나오는 것도 아닌데."

"그냥, 그러고 싶어서."

나는 어깨를 으쓱했다. 생각보다 별난 녀석이네 싶었다. 준비를 단단히 해 온 모양이니 그냥 옆에서 묻어가면 되겠다 하는 얍삽한 생각도 들었다. 동일이가 앞장서서 엘리베이터를 탔고, 나는 쭈뼛 쭈뼛 따라 탔다.

"안녕하세요? 봉사 활동 왔어요. 그리고 이거, 더운데 하나씩 드세요."

동일이는 서글서글하게 말하며 봉지에 담긴 비타 오백 상자를 내밀었다. 1층 접수계에 있던 간호사가 웃으면서 봉지를 받아들었다.

"이런 거 안 사 와도 되는데. 학생들부터 하나씩 마시고 3층으로 올라가 봐요."

그래서 우리는 비타 오백을 한 병씩 마시고 3층으로 올라가 그곳 간호사가 시키는 대로 손부터 씻었다. 환자들이 많은 곳이라 위생이 중요하기 때문이란다.

"2, 3층은 일반 병실이고 4, 5층은 중환자실이야. 중환자실에는 거의 의식이 없는 환자분들이 계셔. 학생들이 중환자실 수발을 들기는 무리니까, 지금은 깨어 계신 환자분 말동무 좀 해 드리고 이따가 점심시간에 식판 갖다 드리고 나중에 다 드신 다음 정리하고, 그 정도면 되겠네. 3층 휴게실에 가서 나와 계신 분 있나 보고, 아무도 안 계시면 보호자 안 계신 침상, 환자분 안 주무시는 침상 돌아다니면서 인사 드려."

3층 휴게실은 넓은 마루방 같았다. 탁자 하나, 커다란 텔레비전 하나, 소파 하나가 놓여 있었다. 할머니 한 분이 탁자에 앉아 계셨지만 맞은편에 아줌마 한 분이 앉아 있고, 그 사이에 과일 한 접시가 놓여 있었다. 가족이 면회를 온 모양이었다. 우리는 2층으로 내려갔다.

2층에서도 별로 할 일은 없었다. 침상이 열대여섯 개쯤 놓여 있었는데, 두어 군데는 가족분들이 와 계셨고, 3분의 1쯤은 주무시고 계셨다. 의식이 있는지 없는지 알 수 없는 분들도 있었다. 뭔지 알 수 없는 말을 쉬지도 않고 계속 중얼거리는 할아버지, 침대에 팔이 묶인 채 "간호사, 이거 풀어 줘. 이거 풀어 줘." 하고 끊임없이 칭얼거리는 할머니. 나머지 분들은 환자복을 입은 채 기력이 다 빠진 얼굴로 가만히 침대에 누워 계실 뿐이었다. 나는 얼굴이 창백해지는 것을 느꼈다. 그때 우리 할아버지 할머니는 친가 외가 쪽 모두 정정하셨고, 작년에 큰아버지가 위암 수술을 받으셨을 때 병문안을 갔던 적은 있지만 그때는 깔끔한 2인실에 계셨고 전혀 이런 분위기가 아니었다. 이곳에 계신 노인들은…… 이렇게 말하기는 참 죄송스럽지만…… 무덤에 한 발 들여놓으신 분들 같았다. 나는 난생처음으로 늙음과 병의 적나라한 실체를 목격하고 있었다.

'이게 일반 병실이면 중환자실은 대체 어떤 거야?'

머뭇거리고 있는 나와는 달리 동일이는 병상마다 돌아다니며 "안녕하세요, 할아버지. 봉사 활동 온 학생이에요. 할머니, 안녕하세요. 제 이름은 유동일이에요. 얘는 전성준이고요." 하고 싹싹하게 인사를 드렸다. 귀찮다는 듯이 고개를 끄덕거리거나 아예 옆으로 돌아누워 버리는 분도 계셨지만, 대부분은 힘없이라도 웃으면서 몇 학년이냐, 어느 학교 다니냐, 공부는 잘 하냐, 우리 손자가 중학교 2학년인데…… 하며 한두 마디씩 건네 주셨다. 한 바퀴 돌고 나자 곧 점심시간이 되었다. 급식 수레에서 병상으로 식판을 나르고 우리도 밥을 먹고 다시 식판을 거둬 수레에 넣자 1시 반이었다. 병원에 온 지 두 시간 반이 흘러간 것이다.

"뭐야, 한 일은 별로 없는데 왜 이렇게 시간이 금방 가."

내가 동일이에게 속삭이자 동일이도 마주 속삭였다.

"봉사 활동이 다 그렇지 뭐. 학교에서도 주번 하는 시간 인정해 주고 폐품 내면 시간 인정해 주고 그렇잖아."

하긴 그랬다. 나는 요양 병원 봉사 활동이라고 해서 막연히 거동을 못하시는 할머니 할아버지들 목욕을 시켜 드리고 전신 마사지를 해 드리는 것 같은 힘든 일을 상상하고 있었던 것 같다. 그러나 동일이 말로는 그런 활동은 적어도 월 단위로 봉사하는 관련 학과 대학생쯤 되면 모를까, 하루 이틀 오는 중학생한테는 시키지 않는다고 했다. 사고라도 나면 큰일이니까.

"하긴 그렇겠네. 그런데 넌 어떻게 그런 걸 다 아냐?"

"이쪽에 좀 관심이 있거든."

"헐, 별나기는."

그런 대화를 나누고 있는데 창가 쪽 침대에 앉은 할머니 한 분이 손짓을 하셨다.

"학생들, 이리 와. 이거 같이 먹자."

할머니 앞에 놓인 커다란 밀폐 용기에는 수박과 참외가 네모지게 썰어져 가득 담겨 있었다. 우리는 일단 사양했다.

"아니에요. 할머니 드세요."

"나 혼자 이거 다 못 먹어. 수박이나 참외 조금만 먹고 싶다고 했더니 딸애가 이렇게 가득 담아 왔지 뭐야. 한창 클 땐데, 같이들 먹어."

어떻게 해야 할지 망설이고 있는데 동일이가 성큼 포크를 집어 들었다.

"잘 먹겠습니다!"

우리는 오순도순 과일을 먹으며 할머니 얘기를 들었다. 연세는 일흔셋이고, 몇 년 전에 할아버지를 여의셨다고 했다. 아들 하나 딸 둘을 두었지만 다들 할머니를 모실 만한 형편이 안 돼서 치매가 발병하자 장기 요양 보험 혜택으로 이 병원에 들어오셨단다. 손자 손녀들도 사회인이거나 수험생이라 자주 올 수가 없다고 했다.

"하지만 치매로 안 보이시는데요? 멀쩡해 보이시는데."

나는 아무 생각 없이 말을 내뱉고 아차 했다. 할머니가 씁쓸하게 웃으셨다.

"왔다 갔다 해. 난 기억이 안 나는데, 몇 번씩 집을 나가서 아들딸이 난리법석을 하고 찾아왔대. 그러니 여기 있어야지. 모르겠어. 중풍 들어서 몸을 못 움직이는 할망구들이 더 나은 건지, 나처럼 정신이 나가는 할망구가 더 나은 건지. 아가들아, 나이 먹지 마라. 나이 먹으면 아주 고약해요."

우스갯소리로 하시는 말씀이라는 것을 알면서도 웃을 수도 없고, 뭐라 대답할 말을 찾을 수가 없었다. 입 안에 든 참외 알갱이가 모래처럼 껄끄러웠다.

할머니는 그다음에도 이런저런 이야기를 하셨다. 하나같이 마음 아픈 내용이었다. 초등학교에 다니다가 전쟁 때문에 중학교 진학이 흐지부지되고, 우리 나이 때 시골에서 온 가족이 올라와 열심히 일했던 이야기, 오빠 소개로 남자를 딱 한 번 만났는데 그 남자가 오빠에게 매달리다시피 하며 결혼시켜 달라고 졸라서 마음에 드는지 어떤지도 모르고 시집가게 되었다는 이야기, 아들 둘에 딸 둘을 낳았는데 큰아들이 군대에 갔다가 의문사를 당했다는 이야기. 근현대사 드라마에나 나올 듯한 이야기가 할머니 입에서 담담히 흘러 나왔다. 우리는 봉사 활동 시간을 넘겨 가며 할머니 이야기를 정신없이 듣다 나왔다.

"오랜만에 아가들이랑 얘기하니까 좀 사람 사는 것 같네. 내일도 또 와라. 꼭 와."

우리가 간다고 하자 할머니는 신신당부를 하셨다. 돌아가는 길에 2층 간호사에게 가보겠노라고 인사하자 간호사가 웃으며 말했다.

"김영래 할머님 말동무 해 드렸구나? 잘했네. 그 환자분은 자꾸 이야기를 하는 게 도움이 되니까."

나는 머리를 긁적였다.

"말동무 해 드린 것도 없어요. 그냥 얘기 듣다 나온 걸요."

"그게 잘한 거야. 계속 기억을 떠올리고 얘기를 하시는 게 좋거든. 외로움도 많이 타시는 분이고. 어쨌든 내일도 오지?"

"네. 내일도 11시에 올게요."

그러나 다음 날 병원에 갔을 때 할머니의 모습은 보이지 않았고, 침구는 새것으로 깨끗이 갈아져 있었다. 잠깐 외출이라도 하셨나 싶어 점심시간이 될 때까지 흘끔거렸으나 할머니는 나타나지 않았다.

'꼭 오라고 하셨는데…….'

"여기 계시던 할머니는 어디 가셨어요?"

결국 점심시간에 식판 수레에서 식판을 꺼내며 간호사한테 슬쩍 물어보았다. 어두운 대답이 돌아왔다.

"김영래 할머니? 어젯밤에 갑자기 뇌졸중을 일으키는 바람에 대학 병원으로 실려 가셨어. 돌아오실 수 있으려나 모르겠네. 상태가 많이 안 좋았어."

갑자기 마음이 먹먹해졌다. 그날은 오후 시간에 환자들의 휠체어를 밀어 물리 치료실로 모셔다 드리는 일을 하게 되었는데, 정신이 멍해서 몇 번이나 휠체어를 벽에 부딪칠 뻔했다.

"우리 할아버지가 나를 아주 예뻐하셨지. 그래서 계집아이 이름인데도 영광을 누리라고 영래(榮來)라고 지으셨는데, 이름이 너무 좋아서 그런가, 살면서 그리 좋은 일은 못 봤던 것 같아."

어제 할머니가 하시던 말씀이 계속 마음에 울렸다. 그렇게 멍해 있는 사이 봉사 시간은 어떻게 끝나는지도 모르게 끝나 버렸다. 병원에서 나오자 따가운 여름 햇빛이 눈을 찔러 댔다. 왠지 그대로 집에 돌아가기가 싫었다. 무엇인가 정리가 될 듯 말 듯 하면서 뒤엉켜 있는 복잡한 기분이었다.

"야, 우리 뭐 시원한 것 좀 먹고 가자."

내가 제안했다. 병원 안에는 에어컨이 계속 나왔기 때문에 그렇게 덥지는 않았지만, 이렇게 혼란스러운 기분으로 혼자 집에 돌아가고 싶지는 않았다. 동일이와 조금 더 이야기를 해 보고 싶었다. 우리는 근처 롯데리아에 들어가 팥빙수를 하나 시켰다.

"야, 그런데 넌 왜 하필이면 요양 병원에 오자고 했냐?"

나는 묵묵히 팥빙수를 비비다가 불쑥 물었다. 온갖 의문이 머릿속에서 어지럽게 소용돌이쳤지만 튀어나온 질문은 그거였다. 나야 별 뜻 없이 친구 따라 강남 간 격이지만, 다시 생각해 보니 동일이는 처음부터 요양 병원에 가겠다고 마음을 정해 놓았던 것이다. 이유가 궁금했다.

"작년 가을에 우리 외할머니가 돌아가셨거든. 요양 병원에서 오래 앓으셨어. 한 삼 년. 그런데 오래 앓으시다 보니 오히려 안 가게 되더라고. 늘 그곳에 계실 것 같고, 돌아가시지 않을 것 같아서. 돌아가시고 나서 한참 동안 머리를 얻어맞은 기분이었어. 병원에서,

굉장히 쓸쓸하셨을 것 같았어."

동일이는 팥빙수 스푼만 바라보며 대답했다. 내 질문에 대한 대답은 아니었지만 동일이의 심정을 알 것 같기도 했다. 동일이는 한참 팥빙수를 휘휘 젓더니 다시 말했다.

"의대에 가고 싶어. 지금부터 열심히 공부는 하겠지만, 내 성적으로 의대는 무리일까? 안 되면 사회 복지학과라도 가고 싶어. 훌륭한 의사가 되어서 노인 분들을 낫게 해 드리면 제일 좋겠지만, 그게 힘들면 최대한 많은 분들이 너무 외롭게 돌아가시지 않게 하고 싶어."

두근, 가슴이 뛰었던 것은 그때였다. 별로 본 적 없던 동일이의 진지한 표정이, 자기 마음속으로 파고들듯 아래로 숙인 시선이, 심지어 변성기의 갈라진 목소리까지도 멋있어 보였다. 나는 하루하루를 대충 살고 있는데, 이 녀석은 벌써 확고하게 목적을 정하고 있었다.

"어, 넌 할 수 있을 거야."

이 말밖에 할 수가 없었다. 사실은 '너 정말 멋진 녀석이구나.' 하고 말해 주고 싶었지만 그런 말은 쑥스러워서 입 밖으로 나오지 않았다. 우리는 한참 이런저런 이야기를 두서없이 나누다가 헤어졌다.

그날 나는 이상한 꿈을 꾸었다. 학교 체육 시간이 끝나고 샤워를 하는 꿈이었다. 꿈속의 학교 샤워실은 실제 우리 학교 샤워실과는 달리 매우 크고 넓었고, 온수가 펑펑 쏟아져 나왔다. 샤워실에 김이 자욱해 아무것도 보이지 않을 정도였다. 나는 몸을 씻어야 하는데 비누를 가져오지 않은 것을 깨닫고 곤란해하고 있었다. 현실에서는 물이나 온몸에 한 번 끼얹으면 끝이었을 텐데, 꿈속에서는 꼭 비누가 있어야 했다.

"야, 누구 비누 좀 빌려 줄래?"

두터운 구름 같은 김 속으로 불러 보았지만 아무도 비누를 빌려주겠다는 사람이 없었다. 그런데 누군가가 내 손을 잡아끌었다.

"비누 없어? 그러면 이리 와."

나는 그 손에 이끌려 샤워실 한가운데로 갔다. 그곳에는 동일이가 해맑게 웃으며 서 있었다. 동일이는 내게 손짓하며 말했다.

"이리 와. 내가 비누야."

나는 얼떨떨한 채 동일이에게 다가갔고, 동일이는 나를 조심스럽게 어루만졌다. 정말이었다. 동일이의 손이 지나가는 자리마다 비누 거품이 조금씩 일었다. 그러나 비누 기운이 퍼지는 속도가 답답했던지, 동일이는 나를 안고 몸을 비벼 대기 시작했다. 꿈속에서는 그것이 하나도 이상하게 여겨지지 않았다. 나도 마주 몸을 문질렀고, 점차 온몸이 기분 좋게 뜨거워지기 시작했다. 동일이의 손이 내 머리와 목을 쓰다듬더니 자연스럽게 아래로도 뻗었다. 아랫배에 손이 닿자 화끈한 느낌이 일었다. 나도 모르게 "아!" 하는 신음을 내뱉었다. 그 소리를 듣더니 동일이가 나를 바라보며 웃었다.

"너 여기가 더럽구나. 여기는 깨끗이 씻어야지."

그러더니 내 불알과 물건을 확 움켜쥐었다. 순간 타는 듯한 고통이 아랫도리를 적셨다. 나는 자기도 모르게 비명을 질렀다.

"으아아악!"

침대에서 벌떡 일어나 잠시 동안은 팬티와 잠옷을 적신 끈적한 액체가 피인 줄 알았다. 나는 겁에 질려 부들부들 떨면서 생각했다. 난 이제 고자로구나. 하지만 가슴이 터질 듯이 몰아쉬던 거친 숨이 가라앉고 나자 별다른 통증은 느껴지지 않았다. 나는 조심스럽게 팬티를 들쳐 아랫도리를 살펴보았다. 허옇고 찐득찐득한 액체가 아랫배와 팬티에 온통 엉겨 붙어 있었다. 그걸 보자 나는 참았던 숨을 토해 냈다. 그러나 안도의 한숨은 아니었다.

그때 나는 열다섯 살이었고, 첫 몽정을 시작한 지 삼 년이 지난 다음이었다. 그러나 지금껏 아랫배가 달아오르고 마침내 뜨거운 액체를 토해 낼 때까지 내 잠자리를 어지럽혔던 그림자는 여자의 그것이 아니었다는 것을, 그때까지는 깨닫지 못했다. 때로 그것은 남성인지 여성인지 알아보기 힘든 어렴풋한 그림자였고, 때로는 꿈에서 깨면 기억도 나지 않을 정도로 격렬한 상황을 겪어 나가다가 스틸 컷처럼 뚝 멈추어 버린 남성의 모습이었다. 멋진 남자가 꿈속에 나타날 때 나는 그것이 내가 꿈꾸는 미래의 내 모습일 거라고 생각했다. 기억이 나지 않는 꿈의 나머지 부분은 꿈속의 내가 섹시한 여자들을 거느린 채 지금은 들어갈 수 없는 어른의 영역에서 지금은 알 수 없는 즐거움을 누리고 있는 장면일 거라고 애써 생각했다. 그러나 그렇게 생각하면 몽정 때 느꼈던 짜릿하고 뜨거운 즐거움은 왠지 스르륵 식어 버렸다. 그때는 '왠지'였지만, 이제는 왜 그런지 알 수 있었다.

나는 남자를 좋아했구나.

두방망이질치던 가슴이 조금 가라앉고 나자 자꾸 꿈속에서 해맑게 웃던 동일이의 얼굴이 눈앞에 어른거렸다. 그 하얗고 선한 얼굴이. 나는 두 손으로 머리를 감싸 쥐었다. 방학이라서 천만다행이었다. 당장 그다음 날 학교에 가서 동일이를 보아야 했다면 때려죽인다 해도 학교에 가지 못했을 것이다.

방학이라서 좋은 점은 또 있었다. 집이 빈 시간에 동성애에 대해 검색을 해 볼 수 있었던 것이다. 학기 중이었다면 집에 혼자 있는 시간이 거의 없었을 테니 어려웠겠지만, 방학 때라서 부모님이 안 계시고 누나도 집을 비우는 시간이 꽤 있었다. 그런 시간마다 나는 '동성애', '동성애자' 등의 검색어로 이런저런 사이트에 들어가 보았다. 그러나 그런 사이트나 커뮤니티는 회원 가입을 요구했다. 고작 인터넷 검색을 하는 동안에도 누군가가 해킹을 해서 내 정체를 알아낸 다음 '너 호모지!' 하고 외칠 것만 같은 말도 안 되는 두려움이 뒷덜미를 잡고 있는데, 가입이라니. 하지만 가입하지 않으면 볼 수 있는 내용이 하나도 없었다. 한참 망설이다가 결국 가장 크고 자료가 많아 보이는 사이트 몇 개에만 조심스레 가입했다. 물론

로그 기록을 지우는 것은 잊지 않았다. 컴맹에 가까운 부모님이나 누나가 로그 기록을 뒤져 최근 접속한 사이트를 확인할 리는 없었지만 그래도 찜찜했다.

동성애자 사이트들은 혐오스러우면서도 매혹적이었고, 역겨우면서도 가슴을 설레게 했다. 화면이 하나하나 넘어갈 때마다 심장이 빠르게 뛰고 눈을 뗄 수가 없었다. 동성애자들도 자기들끼리의 용어나 은어가 굉장히 많았다. 처음에는 무슨 말인지 몰랐지만, 일반이니 이반, 퀴어, 톱이니 바텀, 트랜스, 시디 등의 용어는 게시물을 보다 보니 뜻을 짐작할 수 있었다. 이반, 퀴어는 동성애자. 일반은 이성애자. 톱은 섹스할 때 남자 역할을 하는 남자. 바텀은 여자 역할을 하는 남자. 트랜스는 몸을 여자로 개조한 남자. 시디는 뭔가 했더니 크로스 드레서(Cross Dresser)의 준말이었다. 여장을 하는 남자. 나중에 보니 내가 잘못 안 것도 있었지만 그때는 대충 그렇게 이해했다. 그러나 머리로 용어의 뜻을 알 수는 있어도, 그런 용어를 나나 동일이에게 대입해서 생각하는 것은 무리였다. 동일이를 생각하면 나도 모르게 저절로 온몸이 뜨거워지고…… 그리고…… 그 부분도 꼿꼿해졌지만…… 그렇다고 동일이와 내가 육체관계를 갖는 것은 상상이 되지 않았다. 항문 성교는 상상만 해도 끔찍했다. 동일이나 내가 여장을 한다고 생각하면 헛웃음만 나왔다. 다만 동일이와 함께 격한 운동을 한 후 웃으면서 서로 몸을 안고 비비는 상상이나, 지난번처럼 내게 자신의 생각과 감정을 진지하게 말해 주는 상상을 하면 피가 두 배는 빠르게, 거꾸로 도는 것만 같았고 결국 그런 상상은 화장실행과 더러워진 휴지로 끝나곤 했다.

나는 정말 동성애자일까? 동일이를 생각하면 동성애자가 맞는 것 같다. 남자가 남자를 생각하면서 자위를 하고 사정까지 한다면 맞겠지. 하지만 동성애자 사이트의 구인 글이나 사진을 보아도 딱히 끌린다는 느낌은 없었다. 광고 모델이나 배우 같은 잘생기고 몸 좋은 외국 게이들 사진을 보면 '우와!' 하는 감탄사는 나왔지만, 그것이 육체적인 이끌림에까지 이어지지는 않았다. 아주 이르게 성 경험을 했다고 자랑하거나 야동을 탐닉하는 녀석들이 말하는 것처럼 '저 여자(내 경우엔 남자)와 한번 자고 싶다.'는 마음은 전혀 들지 않았다는 말이다.

강한 게이, 약한 게이, 이런 개념도 있을 수 있을까? 진성 게이, 가성 게이, 뭐 그런 거. 나는 동일이 빼면 남자를 보고 흥분하는 일이 없으니 약한 게이에 속하는 게 아닐까? 혹시 치료가 되는 건 아닐까? 그러면 나도 남들처럼 정상적으로 여자를 좋아하고, 여자와 연애하고 결혼할 수 있을까? 아니면 역시 동성애자들의 주장처럼 게이는 타고나는 것이라서 어떻게 해도 못 벗어나는 것일까?

수없이 인터넷 검색을 하며 얻은 정보를 종합해 보면, 동성애는 후천적이라고 주장하는 측에서는 동성애는 성장 과정에서 입은 마음의 상처나 결손 가정, 잘못된 양육 때문에 생기는 질병이니 치료를 해야 한다고 했다. 그런가 하면 동성애는 타고나는 사랑의 형태라고, 동성애자는 아예 뇌 구조가 다르다고 주장하는 측도 있었다. 동성애는 유전자에 새겨진 코드라는 말일까?

우리 부모님은 아빠 친구분의 소개로 만나서 연애결혼을 하셨다. 지금이야 함께 살아온 세월과 나이가 있으니 연애할 때처럼 서로 죽고 못 사는 커플은 아니지만, 그래도 두 분 사이에 은근히 지속되는 애정은 의심할 바가 없었다. 내 아버지가 게이라든지 어머니가 레즈비언이 아닐까 상상해 보는 순간은 마음속 깊은 곳에서 올라오는 거부감만으로도 충분히 괴로웠다. 하지만 아니었다. 아무리 객관적으로 거리를 두고 의심의 눈초리로 기억을 샅샅이 훑어 봐도, 엄마나 아빠가 동성애 성향이라는 비밀을 숨기고 계시는 것 같지는 않았다. 아니, 동성애다 아니다를 떠나서 수십 년 동안 뭔가 숨기고 살 수 있을 정도로 철저한 사람들이 못 되었다. 양쪽 할아버지나 할머니, 생각나는 친척들을 되짚어 보아도 마찬가지였다.

그러면 내 성장 과정에 문제가 있었던 것일까? 부모님이 동성애자가 아닐까 생각해 보려 할 때 마음속 깊은 곳에서부터 거부감이 들었다면, 이 질문에는 피식 웃음부터 나왔다. 아무리 생각해도 그건 아니었다. 우리 집은 잘살지는 못해도 평탄하고 무난한 생활을 꾸려 왔다. 나는 왕따를 당한 적도 없고, 특별히 여자 같은 행동을 하지도 않고 그런 태도를 취한 적도 없다. 인생을 바꿔 놓을 만큼 커다란 유년 시절의 상처, 그런 건 만화에나 나오는 거 아닌가? 물론 내가 누나를 대할 때 쥐여사는 척 엄살을 부리긴 하지만, 그건 우리 둘 다 서로 알면서 하는 역할 놀이 같은 것이었다. 초등학생도 아닌데 누나와 진짜로 정색하고 몸싸움을 할 수는 없는 노릇이니까.

인터넷을 뒤져 동성애에 대해 검색해 볼수록, 아는 것이 조금씩 늘어나면 늘어날수록 온갖 생각이 머릿속을 헤집었다. 하룻밤에도 수십 번씩 희망과 절망의 롤러코스터를 타는 기분이었다. 나를 덮친 낯설고 두렵고 허용되지 않는 이 감정을 어떻게 하면 극복할 수 있을까 하는 출발점에서 시작했는데, 길을 가다 보니 극복은커녕 더욱더 수렁에 빠져드는 느낌이었다.

그러면서 동일이에 대한 애정은 점점 더 벅차게 커져 갔다. 그래, 그것은 애정이었다. 천성이 게으르고 무딘 나도 확실히 알 수 있었고, 아무리 부인하고 싶어도 부인할 수가 없었다. 어떤 때는 동일이 생각을 하면 너무 좋아서 동성애자건 뭐건 무슨 상관이냐 싶었다. 자꾸 만나고 싶고 더 알고 싶었다. 남들에게 보여 주지 않는 그 녀석만의 모습을 보고, 그 녀석이 느끼고 생각하는 것을 듣고 싶었다. 잠이 부쩍 늘었다. 밤은 동일이를 만나기 위해 꿈을 꾸는 시간이 되었기 때문이다. 그러나 안타깝게도 동일이는 꿈에 자주 나타나 주지 않았다. 정말로 단둘이 밖에서 만나게 된다면 심장이 터져 버릴 것 같아 차마 먼저 만나자고 연락할 수도 없었다. 첫사랑과 짝사랑은 다 힘겹다고들 하지만, 나의 첫 짝사랑은 바위처럼 밤낮으로 나를 짓눌렀다. 생전 처음으로 식욕이 줄고 살이 빠졌다. 그렇게 방학이 지나갔다.

개학 후 학교에서 처음 동일이를 보았을 때, 나는 그간에 있었던 일이 전부 내 상상이 아니었을까 잠시 의심했다. 마음속에서 너무 빛나는 모습으로 키워 놓았기 때문인지, 밝은 햇빛 아래에서 본 동일이는 평범하고 밋밋해 보였다. 순간 지금까지의 고민이 괜한 것이었구나 하는 생각에 안도의 헛웃음이 나왔다. 그러나 그것은 잠깐의 착각이었다.

"어, 성준이 살 빠졌네? 나랑 같이 봉사 활동 갈 때만 해도 안 이랬는데? 너 그동안 무슨 짓 한 거냐?"

동일이가 빙글빙글 웃으면서 말하자마자 세상의 색깔이 갑자기 바뀌는 것 같았다. 호흡이 빨라지고 가슴이 미친 듯이 뛰기 시작했다. 첫사랑을 고백하는 여자애처럼 얼굴이 빨개지지 않았기만을 바랄 뿐이었다. 나는 억지로 웃으면서 대꾸했다.

"무슨 짓은 무슨 짓, 형님이 열심히 살다 보니 그렇지."

"웃기지 마, 야한 사이트 열심히 다니느라 잠 못 자서 살 빠진 거 아냐?"

동일이는 농담으로 한 이야기였지만 나는 가슴이 뜨끔했다. 그 야한 사이트가 네가 생각하는 것 같은 야한 사이트가 아니어서 문제지만 말이야.

그렇게 하루하루가 지나갔다. 같이 봉사 활동을 갔던 경험 때문인지 동일이는 전보다 내게 친밀하게 다가왔고 덕분에 나는 기쁘면서도 죽을 맛이었다. 같이 급식을 먹는 시간, 가끔가다 매점에 갔다가 내 것까지 사 왔다며 던져 주는 빵, 길이 갈라질 때까지 같이 하교하는 시간, 이제 막 친해지는 친구들끼리 나누는 이런 일상적인 호의와 친절이 나를 얼마나 행복하고도 괴롭게 만들었던가. 내가 할 수 있는 일은 필사적으로 아무 티도 내지 않고 동일이와 함께 시간을 보내는 것뿐이었다.

하지만 그렇게 계속 지낼 수는 없었다. 이것은 앞이 보이지 않는 중독적인 쾌락이고 괴로움이었다. 어떻게든 벗어나야 했다. 밤만 되면 연애편지를 썼다 지우고 썼다 지우는 심정으로 어떻게 말을 꺼낼까 수십 번도 넘게 머릿속에서 상황을 그려 보았다. 어느 날 학교가 끝나고 함께 집으로 돌아가던 길에 패스트푸드점에 앉아 이런저런 이야기를 하다가, 나는 결심하고 말을 꺼냈다.

"동일아, 한 가지 물어볼게."

"응? 뭔데?"

마주 묻는 동일이의 얼굴이 천진해서 그만 눈물이 날 것 같았다. 나를 말 통하는 좋은 친구로 믿고 있는 동일이. 도저히 그 앞에 "나 게이야. 그리고 네가 좋아. 너 나 어떻게 생각하니?"라는 말을 던질 수는 없었다.

"어, 나한텐 누나밖에 없어서 나랑 남자 사촌들이랑 많이 친해.

그런데 얼마 전에 사촌 동생이 막 고민을 하는데, 자기가 게이인 것 같대. 같은 반 남자애가 좋대. 어떡하면 좋으냐고 묻는데, 뭐라고 말해 줘야 할지 모르겠더라고. 너라면 뭐라고 해 주겠냐?"

지금 같으면 그런 식의 뻔한 가림막을 치지는 못했을 것이다. 아마 이런 얘기를 듣는 상대방도 그렇게 순순히 속지는 않을 것이다. "뻥치시네, 그거 네 얘기지?" 하며 대놓고 비웃은 다음 전교에 소문을 내기가 십상이리라. 그러나 우리는 중학생이었다. 나는 동일이가 그 말을 믿어 주리라 믿을 만큼 순진했고, 동일이는 내가 자기를 그런 말로 속이지 않으리라 믿을 만큼 순진했다. 동일이가 얼굴을 찌푸렸다.

"아우…… 어렵다."

"그렇지? 나도 걔가 힘들어하는데 할 말이 없어서…… ."

나는 맞장구를 치며 초조하게 대답을 기다렸다. 생각에 잠겨 있던 동일이가 얼굴을 들었다.

"얼마 전에 인터넷에서 본 얘기가 있는데, 아버지가 알코올 중독이면 자식도 알코올 중독 유전자를 물려받을 가능성이 높대."

이게 웬 뚱딴지같은 소리인가 싶었다. 게이 이야기를 하다가 왜 알코올 중독 이야기를? 나는 속으로 침을 삼키며 동일이의 다음 말을 기다렸다.

"그래서 어떤 사람이 상담을 하는 글이었어. 자기 아버지가 알코올 중독 때문에 어머니도 때리고 집안 돈도 많이 쓰고 해서 자기는 알코올이 지긋지긋한데 유전되었을까 봐 무섭다고. 거기에 상담사가 대답한 말이, '알코올 중독 유전자를 가진 사람이라도 평생 술 한 방울도 마시지 않는다면 알코올 중독이 되지 않습니다. 아직 술을 입에 안 대셨다니 앞으로도 절대로 입에 대지 마십시오.' 그랬거든. 네 사촌 동생도 아직 어리니까, 좀 힘들어도 참고 아예 그쪽으로 눈을 안 돌리면 나중에 괜찮아지지 않을까……?"

자신 없이 말끝을 흐리는 모습이 참을 수 없이 사랑스러운데, 이런 나에게 너를 좋아하지 말라는구나. 아예 눈을 돌리지 말라는구나. 이렇게 성실하게, 이렇게 다정하게 자신도 모르는 채로 비수를 던지는구나. 왈칵 울음이 터질 것만 같아 나는 황급히 고개를 숙여 햄버거를 입에 물었다. 햄버거와 눈물을 함께 삼켰다.

"음…… 그거…… 좋은 말이다……. 그렇게 얘기해 줄게……."

나는 음식을 입에 물고 우물대는 척하며 더듬더듬 말했다. 동일이가 안됐다는 눈으로 나를 바라보았다.

"사촌 동생이 많이 힘들겠다. 잘해 줘."

그 눈에는 있지도 않은 내 게이 사촌 동생에 대한 동정심이 넘쳤다. 아아, 얼마나 좋은 녀석인가! 동일이는 분명히 훌륭한 의사가 될 거다. 그리고 나는 훌륭한 의사의 처방전을 따르는 성실한 환자가 되리라.

그래서 그렇게 했다. 알코올 중독 유전자를 가진 사람이라도 평생 술 한 방울도 마시지 않는다면 알코올 중독이 되지 않는다. 게이도 마찬가지일 것이다. 타고나기를 게이로 타고났더라도 평생 남자를 좋아하지 않으면, 평생 남자와 연인 관계로 사귀지 않으면 게이가 아닐 것이다. 적어도 다른 사람이 눈치채지는 못할 것이다. 나는 평생 사랑을 하지 않을 것이다. 그쪽에 신경 끄고 살 것이다. 행여나 누가 볼까 무서워서 다짐을 어딘가에 적어 놓을 수는 없었지만, 나는 마음속에 이런 말들을 한 글자 한 글자 피눈물로 새겼다.

삼 년을 그렇게 살았다. 동일이와 멀어지는 것은 정말 고통스러웠지만 이를 악물고 서서히 거리를 넓혔다. 처음에는 서너 번에 한 번 정도, 그다음에는 두 번에 한 번, 동일이 대신 방향이 비슷한 다른 친구와 함께 집에 갔다. 동일이 말에 일부러 건성으로 대답했고, 함께 오래 있어야 할 일은 되도록 피했다. 웃으며 집에 와서 숨죽여 울음을 참은 날이 몇 날 며칠이었는지 모르겠다. 그런 노력의 결실인지, 겨울 방학이 시작될 무렵 동일이와 나는 서로 마주치면 인사는 하지만 특별히 가깝지는 않은 그저 그런 친구 사이로 변했다. 학년이 바뀌고 동일이와 다른 반이 되자 이제 전혀 볼 일이 없었다. 그렇게 나의 첫사랑은 스러져 갔다.

나는 그렇게 산다. 남들이 '고등학교 들어가면 못 한다, 고 3 되면 바빠서 못 한다.'며 다들 하던 연애도 하지 않았고, 친구들이 소개팅을 시켜 준다고 하면 지금도 웃으며 사양한다. 짓궂은 놈들이 놀리면 "아, 난 눈이 높아서 너네가 소개해 주는 애는 성에 안 찰

걸." 하고 맞받아친다. 비록 마음속으로는 '나도 연애하고 싶다고! 나라고 하기 싫은 줄 알아?' 하고 비명을 지르고 있지만, 동일이의 충고를 따라 그쪽에는 눈도 돌리지 않는다. 인터넷에서 게이 사이트를 돌아다니던 일도 그만두었다. 마음속 깊이 파고드는 감정은 되도록 피했다. 그러다 보니 어떤 때는 내게 남은 것은 한없이 가볍고 붕 떠 있는 껍데기뿐인 듯도 하다. 하지만 뭐 어떠랴. 그 결과 나는 청춘의 봄날을 즐기지는 못하지만 특별한 고통도, 이렇다할 파란도 없는 인생을 살고 있다. 이렇게 살다 가는 것이 내 꿈이다.

누나가 술에 취해 남자 팔에 안겨 들어온 그날까지는 그랬다는 얘기다.

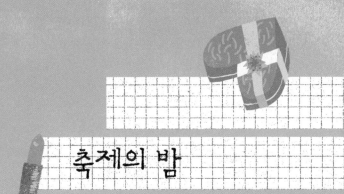

축제의 밤

누나가 이상해졌다. 나도 이상해졌다.

누나는 멍하니 먼 곳을 바라보는 일이 늘었다. 한숨도 자주 쉬었다. 넋이 빠져 있는 시간이 늘어나고 엄마가 하는 말도 놓치는 바람에 자꾸만 "응? 뭐라고?" 하고 되묻곤 했다. 그 정도면 눈치를 챘어야 하는데, 나도 내 고민에 빠져서 정신이 없었기 때문에 누나가 이상하다는 생각을 하지 못했다. 내 생각은 단순했다.

그 사람 이름을 너무너무 알고 싶었다.

사실은 그 사람을 전부 알고 싶었다. 무슨 옷을 좋아하는지(아쉽게도 옷에 별로 신경 쓰는 사람 같지는 않았다), 어디에 사는지, 취미는 무엇인지, 어떤 것을 좋아하고 어떤 것을 싫어하는지. 하지만 내가 알고 있는 것은 그가 누나 선배이고 이 근처에 산다는 사실뿐이었다. 누나가 매일 술에 취해 들어올 수도 없고 그래서도 안 될 일이니, '길 가다가 우연히 마주치기'라는 만화 같은 상황이 일어나지 않는 이상 내가 그 사람을 다시 만날 길은 없을 것 같았다.

그래서 더욱 그의 이름이 절실했다. 얼굴과 이름은 어떤 사람을 보여 주는 가장 기본적인 요소들이다. 그런데 이름을 모르니, 왠지 그 사람을 반쪽만 기억하고 있는 듯한 이상한 느낌이 들었다. 누나한테 물어보면 간단히 답을 얻을 수 있는 문제이긴 했다. 그러나 내가 물어보면 누나는 당연히 "그건 왜?" 하고 되물을 텐데, 그러면 대답할 말이 없었다.

그 사람이 여자였다면 문제는 간단했을 것이다. "그건 왜?" 하고 물으면 건 "응, 내 스타일이라서." 하고 대답하면 된다. 연상을 좋아하느냐는 놀림 정도야 감수할 수 있다. 아니, "그건 왜?"라는 질문 자체가 나오지 않을지도 모른다. 남자가 여자에게 관심을 갖는 건 지극히 자연스러운 일이니까. 하지만 지금 같은 상황에서 누나가 "그건 왜?" 하고 되물었을 때 "응, 누나 선배가 내 스타일이라서." 하고 대답한다면…… 지옥문이 열리는 거다. 그건 불가능한 일이다.

알고 싶고, 안 된다고 내 마음에게 타이르고, 하지만 다시 알고 싶고, 너 정말 미친 거냐고 나 자신에게 화를 내고, 그래도 알고 싶고, 그런데 누나를 통하지 않으면 그 사람 이름을 알 방법이 없고, 누나는 분명히 대체 왜 그러느냐고 물어볼 테고…… 이런 생각의 쳇바퀴를 한 사나흘 돌리느라, 그동안 누나가 우물쭈물하며 내 주위를 맴도는 것을 눈치채지도 못했다. 누나가 "어…… 전성준?" 하고 부르면 건성으로 "왜?" 하고 대답했고, 그러면 누나는 "아…… 아무것도 아냐." 하고 말을 돌려 버렸다. 평소 같으면 "무슨 일이야? 왜 그러는데?" 했을 테고, 누나가 뭔가 숨기고 있는 기색이 있으면 더욱 집요하게 캐물었을 것이다. 하지만 나는 나대로 누나 선배 생각에 넋이 나가 있었기 때문에, 누나가 "아무것도 아냐." 하고 말하면 "어." 하고 끝이었다.

나중에 들어 보니, 나는 몰랐지만 그동안 누나는 누나대로 죽을 맛이었다고 한다. 내가 말을 다 받아 준다고 해도 이야기할까 말까 망설일 판인데, 아예 신경도 안 쓰는 것 같으니 더욱 애가 탔던 것이다. 나도 모르게 누나와 밀고 당기기를 하고 있었던 셈이다. 그러나 뭘 오랫동안 마음속에 품고서 내내 망설이면 우리 누나가 아니지. 누나가 그렇게 술에 취해 들어오고 나서 나흘째 되는 날 밤, 부모님이 거실 불을 끄고 안방에 들어가신 후 누나가 내 방 문을 두드리며 낮은 목소리로 불렀다.

"전성준, 있어?"

"왜? 들어와."

딴생각에 한참 둔해져 있는 나였지만 뭔가 낌새가 이상하긴 했다. 평소 같으면 노크 같은 거 없이 휙 문을 열고 들어올 누나인데

노크에 낮은 목소리에……. 게다가 문을 열고 쭈뼛쭈뼛 들어온 누나의 손에는 검은 비닐봉지가 들려 있었다.

"뭐야, 그건?"

"우리 얘기 좀 하자."

누나는 방바닥에 주저앉더니 비닐봉지에서 맥주 네 캔과 새우깡 한 봉지를 꺼내 주섬주섬 펼쳐 놓았다. 나도 엉거주춤 의자에서 내려와 누나 앞에 앉았다. 누나는 캔 하나를 따서 내게 내밀었다.

"마셔."

'이 화상이 무슨 얘기를 하려고 이러나.'

나는 약간 주눅이 들어 고분고분 맥주 캔을 받아들었다. 무슨 이야기가 나올지 몰라도, 누나 돈으로 마시는 맥주니까. 공짜는 양잿물도 맛있다는데 일단 마시고 보자. 누나도 자기 캔을 따서 길게 한 모금 마시더니 크으 소리를 내며 내려놓았다. 나는 나도 모르게 살짝 눈살을 찌푸렸다.

'아이고야, 이걸 누가 데려갈지…….'

내 마음을 아는지 모르는지, 누나는 대뜸 이렇게 물었다.

"야, 넌 어떤 여자가 좋아?"

"켁!"

마시던 맥주가 코로 튀어나오는 바람에 죽는 줄 알았다. 나는 한참 동안 기침을 하고 숨을 가다듬어야 했다. 그러나 나를 질식사시킬 뻔한 장본인은 등 한번 두들겨 주지 않고 내가 괴로워하는 모습을 멍하니 바라보다가 다시 말했다.

"나 같은 여자는 별로겠지?"

"당연하지! 조신하기를 해, 귀엽기를 해, 아기자기한 맛이 있어? 하이힐은커녕 치마도 잘 안 입는 선머슴인데 어느 남자가 눈이 삐었다고 좋아하겠냐?"

사레들린 게 분해서 이렇게 쏘아붙여 놓은 다음 주먹이 날아올 것을 예상하며 움찔했다. 그러나 누나는 주먹을 휘두르는 대신 한숨을 푹 쉬었다.

"그렇겠지?"

이쯤 되면 내가 아무리 둔해도 알아차릴 수밖에 없다. 아니, 난 사실 그렇게 눈치가 둔한 타입이 아니다. 다만 누나 선배 생각에 빠져 있었을 뿐.

"누나, 혹시 누구 좋아하는 거야?"

누나가 직구면 나도 직구를 던져 준다. 아니나 다를까, 누나의 얼굴이 서서히 달아올랐다. 가슴이 두근거렸다. 과감하게 두 번째 공을 던졌다.

"혹시 저번에 누나 데려다 준 그 사람?"

"야!"

선머슴이라고 했을 때도 가만있었던 주먹이 날아와 등짝을 때렸다. 제법 아팠지만 피하지 않고 맞아 주었다. 이쯤 되면 더 물어볼 필요가 없는 거지. 나는 웃음을 참고 은근히 물었다.

"그런데 나랑 무슨 얘기를 하고 싶으셔? 사람이랑 얘기를 하고 싶다면서 이렇게 막 패도 되는 거야?"

"아…… 미안!"

누나는 황급히 주먹을 풀고 눈을 내리깔았다. 나는 속으로 킥킥 거렸다. 우리 누나, 이럴 때 보면 은근히 귀여운 맛도 있단 말이야. 내가 더 이상 말을 꺼내지 않고 한참 기다리자 누나는 두서없이 이야기를 풀어놓기 시작했다.

"아니 그게, 그 선배가 오리엔테이션 때부터 묘하게 눈에 들어 왔는데, 그냥 그런가 보다 했거든? (그냥 그런가 보다가 어디 있 어, 이 바보!) 그런데 그 선배가 우리랑 같이 듣는 수업이 하나 있 어. 은미라고 동기 있는데, 선배가 자꾸 은미랑 같은 줄에 앉는데, 아…… 하긴 늦게 들어왔을 때 딱 앉기 쉬운 자리긴 하니까, 별거 아닐 거야, 그건. 그렇지? (별거 아니긴, 경계경보구먼. 하다못해 누나가 그 여자랑 같은 줄에 앉아야 할 거 아냐.) 하지만 조금 신경 이 쓰였는데 저번에 술 마시고 취하는 바람에 그다음에 얼굴을 못 보겠어…… 그런데 선배가 우리 집에서 엄청 가까운 데 살더라. 큰 길 건너 2단지래. (올레!)"

누나의 말을 들으면서 머리가 핑핑 돌아갔다. 시험 시간에 이 정 도 순발력을 발휘해서 이 정도로 심층적으로 출제자의 의도를 파 악했으면 서울대는 따 놓은 당상이겠다. 나는 짐짓 거만하고 무심 한 표정을 지으며 물어보았다.

"알겠어, 누나는 결국 그 선배가 좋은 거네. 그런데 왜 나한테 그런 이야기를 하는데?"

누나의 얼굴이 다시 확 붉어졌다. 머뭇거리고 민망해하는 마음이 그대로 전해졌다. 누나는 캔에 남아 있던 맥주를 벌컥벌컥 들이켜더니 한숨을 내쉬었다.

"나, 여자가 아닌가 봐……."

'그걸 이제 알았어?' 하는 말이 입 밖으로 튀어나오려고 했지만 억지로 눌러 참았다. 누나는 더듬더듬 말을 이어 갔다.

"은미, 걔는 내가 봐도 예쁘거든. 화장도 잘하고 옷도 잘 입어. 머리도 매일 아침에 감고 세팅하고 오나 봐. 집도 먼데, 어떻게 아침에 일어나서 그 화장을 다 하고 오는지 모르겠어. 그런데 아무래도 걔가 선배한테 은근히 꼬리를 치는 것 같단 말이야. 내 기분 탓이면 좋겠는데…… 그런데 내가 어떻게 할 수 있는 게 없어."

거기서 누나는 말을 멈추더니 나를 똑바로 쳐다보았다.

"하다못해 옷에 대해서도 네가 나보다 더 잘 알잖아."

"그야 그렇지."

내가 잘난 척하는 게 아니라 그건 사실이지. 누나가 평균 이하로 모르는 것이기도 하고. 누나는 다시 한숨을 쉬었다.

"그래서 그래. 나도 예쁘게 꾸미고 선배 마음을 끌어 보고 싶은데, 어떻게 해야 할지 아예 감이 안 잡혀. 그래서 사실은…… 네가 좀 도와주면 좋겠어. 옷 고르고, 화장하고, 그런 거 있잖아. 어떻게 안 될까?"

"왜 누나 친구들한테 도와달라고 안 하고?"

이건 상식적인 의문이었다. 아무리 선머슴 같은 여자애라도, 보통 이런 건 남동생보다는 친구들에게 도움을 요청하는 거 아닌가? 내가 그렇게 묻자 누나는 고개를 절레절레 흔들었다.

"그 기집애들 다 바빠. 돈 버느라 바쁘고 자기네들도 연애하느라 바쁘고. 게다가 내가 누구한테 끌린다고 하면 도와주기 전에 고등학교 동창들한테 소문부터 다 낼걸. 그러다 시작도 못 해 보고 끝나면? 내가 동창회 못 가는 꼴 보고 싶니?"

"하긴, 그럴 수도……."

내가 고개를 주억거리자 누나가 내 손을 덥석 잡았다. 술기운 때문인지 손이 뜨거웠다.

"그러니까 부탁이야, 성준아. 나 좀 도와줘!"

"맨입으로?"

이미 누나를 돕기로 마음먹고 있었으면서 왜 그런 말이 튀어나왔는지 모르겠다. 말해 놓고 나도 당황했다. 아마 평소에 누나한테 억울했던 것이 반사적으로 튀어나왔나 보다. 누나도 허를 찔린 듯 슬그머니 손을 떼며 나를 바라보았다.

"어, 아니, 당연히 맨입은 아니고…… 뭐 해 줄까? 용돈? 뭐가 필요한데?"

아마 그때 누나는 자기 힘 닿는 한에서는 내가 무엇을 해 달라든 다 해 주었을 것이다. 그러나 무리한 것을 요구하고 싶지는 않았다. 대단한 게 생각나지도 않았고, 이제 이것은 내 일이기도 했으니까.

"좋아. 조건을 걸게. 누나가 성공해서 그 선배와 잘되면 나한테 10만 원 줘. 그걸로 누나 좋아하는 불쌍한 녀석하고 술 한 번 먹을 테니까. 실패하면 아무것도 안 줘도 되고. 대신 내 코치를 받는 동안에는 내 말에 철저하게 따르는 거야. 안 그러면 내가 가르쳐 주는 의미가 없으니까. 알겠지?"

누나는 엄숙한 얼굴로 고개를 끄덕였다. 각오가 단단히 서린 얼굴이었다. 문득, 누나가 그 선배를 정말 많이 좋아하나 보다 하는 생각이 들면서 왠지 마음 한구석이 쌉싸래하게 아파 왔다. 나는 억지로 그런 마음을 떨쳐 버리며 캔을 들었다.

"자, 그러면 누나의 연애 성공을 기원하며, 건배!"

"건배."

누나는 자신 없는 목소리로 조그맣게 말하며 새 캔을 따서 부딪쳤다. 그러자 이번에는 다른 방향으로 슬그머니 부아가 났다. 야, 전예경, 그러지 마라. 늘 세상에 무서운 것 하나 없는 듯이 굴더니 그 남자가 얼마나 대단하다고 벌써부터 주눅이 들어서 그러냐. (그러나 마음속 깊은 곳에서 작은 목소리가 '남 말 하네.' 하고 속삭였다.) 나만 믿고 따라와. 나는 맥주를 길게 한 모금 마신 다음 상황 점검을 시작했다.

"내일 수업 몇 시야?"

"어…… 10시 시작이야."

나는 시간을 가늠해 보았다. 집에서 8시 반에 떠나면 10시까지는 갈 수 있겠지. 아침 먹고 샤워하고 드라이하고 화장하려면 적어도 6시 반에는 일어나야…… 아, 화장!

"누나 화장품 뭐 있어?"

"음…… 스킨하고……."

"로션이나 크림은?"

"……답답해서 안 쓰는데……."

누나가 기어 들어가는 목소리로 대답했다. 잠시 눈앞이 캄캄해지는 느낌이었다. 기초 화장품이 이 모양인데, 색조 화장품 같은 걸 갖고 있을 리가 없었다. 이번 주말은 누나랑 미샤, 페이스샵, 올리브영, 왓슨스를 쭉 돌아야겠군. 아니면 색조 화장품 하나 정도는 백화점에서 사면서 화장 강습을 받게 하는 게 나을까.

"알았어. 구두랑 치마는 없지?"

"하나 있긴 해. 엄마가 입학식 때 입으라고 사 준 거."

그건 나도 봐서 아는데, 너무 딱딱한 정장 스타일이어서 학교에 수업 들으러 갈 때 입고 가기엔 부담스러웠고, 누나에게 잘 어울리지도 않았다. 그냥 어른들이 입혀 놓고 좋아하는 스타일의 옷이었다. 블레이저 스타일의 남색 상의에 무릎까지 오는 치마. 나중에 회사 면접 갈 때나 입고 가면 모를까…….

"그럼 그건 패스. 누나 방에 가자."

"응? 왜?"

"무슨 옷이 있는지 훑어봐야 내일 무슨 옷을 입고 갈지 고를 거 아냐. 신발도 다 보여 줘. 누나가 당장 쓸 수 있는 돈은 얼마나 돼? 기초랑 색조 화장품 갖춰 사려면 적어도 일이십은 잡아야 할 텐데. 구두도 두 켤레는 있어야 하고, 옷도 계절당 서너 벌은 있어야지. 이제 곧 여름인데, 여름에는 옷이 많으면 많을수록 좋다고. 자, 가 보자."

누나는 혼이 빠진 듯 얼떨떨한 모습으로 나를 따라 일어섰다. 나는 문간을 나서면서 아무렇지도 않은 듯이 문득 누나에게 물었다.

"그런데, 그 선배 이름이 뭐야?"

"희서 오빠야. 강희서."

드디어 그의 이름을 알았다.

알고 보니 누나의 스킨 토너는 얼마나 안 썼는지 유통 기한이 지난 지 한참 된 것이었다. 그 주 주말에 나는 누나를 데리고 화장 품 가게 순방을 했다. 토너, 로션, 비비 크림, 파운데이션, 선크림, 파우더 팩트, 펜슬, 아이라이너, 아이섀도, 볼터치, 하이라이터, 립 글로스와 립틴트……. 조금씩 스타일을 바꾸기 위해서 꼭 있어야 한다고 생각하는 것만 고르고 그것도 가격 대비 성능을 따져 가며 샀는데도 이곳저곳에서 산 것을 합해 보니 20만 원이 훌쩍 넘었다.

에스티로더, 랑콤이나 디올, 샤넬, 맥, 부르조아 등 패션 잡지에서 흔히 보던 화장품들은 엄두도 낼 수 없었다. 내가 화장품을 하나씩 집어 들 때마다 옆에 서 있던 누나는 조금씩 더 창백해졌다. 큰일이다. 아직 구두와 가방과 옷은 보지도 못했는데, 예산이 버텨 낼까.

"누나, 괜찮아?"

마지막으로 들어간 화장품 가게 계산대 앞에서 내가 소곤거리자, 누나는 애써 웃으며 고개를 끄덕였다.

"으, 응……."

"돈 얼마나 있어?"

"이거 계산할 정도는 돼……."

"하지만 가방이랑 구두랑 옷도 사야 하는데……."

"어른들이 입학 축하금으로 주신 돈이 이런 데 쓰라는 거였나……."

"다 써 버렸어?"

나도 모르게 목소리가 높아지자 누나가 내 등을 철썩 때렸다.

"조용히 좀 해! 다 안 썼어. 세뱃돈 모아 놓은 거랑 해서 60만 원쯤 있으니까, 어디 네 맘대로 해 봐."

우리는 양손에 화장품 봉투를 가득 들고 잠시 근처 버거킹에 들어가 내용물을 한데 합쳐 커다란 봉투 하나로 정리했다. 화장품 가게 몇 군데를 돌았을 뿐인데도 누나는 벌써 지쳐 보였다.

"아직 많이 남았어?"

"구두는 신어 보고 사야 하고, 옷이랑 가방은 돌아다니면서 스타일을 봐 놨다가 인터넷에서 비슷한 걸로 고르자. 그쪽이 쌀 것 같아. 누나 스타일을 갑자기 확 바꾸는 것도 안 좋으니까, 주얼리는 다음 주쯤 사면 돼. 그리고 다음 주에는 머리 한번 하자. 누나 스타일엔 웨이브보다는 볼륨 매직이 나을 것 같아. 선글라스는 5월 말쯤 사고, 그리고 또 뭐가 있었는데…… 아, 맞다. 속옷!"

누나가 입을 떡 벌렸다. 이럴 때 얼굴이 붉어지지 않고 입이 벌어지는 게 누나답다.

"야, 속옷도 사야 해? 누구 보여 줄 일도 없는데? 아, 아니, 나 아직 그렇게까지 진도 나갈 생각은 없는데?"

누나가 다시 목소리를 낮춰 물었다. 나는 한심하다는 눈으로 누나를 바라보았다.

"누나, 속옷은 여자의 정신 무장이야. 아침에 일어나서 속옷을 고르면서부터 내가 어떻게 보일까, 어떤 기분으로 하루를 시작할까를 결정하는 거라고. 예쁜 속옷을 입으면 몸도 그걸 의식하고 긴장하게 되잖아. 그리고 진도가 언제 어떻게 나갈지, 언제 무슨 일이 생길지는 아무도 모르는 거야."

"뭐야, 너…… 그렇게 말하니까 엄청 바람둥이 같아. 사실은 여친이 두세 명 되는 거 아니야?"

"아, 웃기지 마, 그런 거 아니야. 이건 상식이야."

이렇게 말하면서 왠지 굉장히 한심하다는 기분이 들었다. 나이

스물 될 때까지 여자애들이 관심 두는 종목에 전혀 관심이 없었던 누나도, 여자랑 연애할 일도 없으면서 여성지와 패션 잡지를 통해 여자들 심리를 알고 있는 나도.

누나가 그동안 운동화나 컨버스화만 신고 다녔다는 사실을 고려해 3센티미터 굽의 깔끔하고 큐트한 올리브그린색 태슬 로퍼 하나를 샀고, 그래도 힐 신는 훈련은 해야 하니까 갈색 스트랩으로 발을 감싸는 스타일의 7센티미터짜리 메리제인 웨지힐 샌들을 샀다. 누나가 좋아하는 남자가 키 180이 넘는다는 걸 감사히 여겨라. 이렇게 되었으니 페디큐어도 신경을 써야겠군. 내 딴에는 힐이라곤 신어 본 적 없는 누나를 배려한다고 한 건데도 누나는 신기도 전에 기가 질리는 표정이었다. 하지만 이렇게 된 이상, 인정사정 봐주지 않겠다. 누나를 천생 여자로 완벽하게 탈바꿈시켜서, 희서 형과 꼭 맺어 주고 말겠어.

우리는 한참 아이쇼핑을 하고(사실 나만 하고) 집에 돌아와 인터넷 쇼핑으로 누나 속옷으로 브라 팬티 세트 네 세트, 슬립 두 장을 구매했다. 직접 입어 보고 구매하는 게 제일 좋겠지만 아무리 나라도 누나와 함께 여자 속옷 가게에 갈 배짱은 없었다. 그래서 줄자로 누나 사이즈를 재 줘야 했는데, 어쩔 수 없이 손이 닿을 때마다 서로 민망해서 죽는 줄 알았다. 그렇게 잰 사이즈가 70 C컵. 많은 여자들이 부러워할 사이즈다. 아니 이렇게 좋은 피지컬을 지금까지 그렇게 썩혔다니, 다시 화가 치밀었다.

나는 새삼 누나를 찬찬히 뜯어보며 평가했다. 원래는 완전 사나이 같은 커트머리였는데 엄마가 누나와 싸워 가며 대학 들어간다고 억지로 기르도록 시켰던 단발머리, 좁지도 넓지도 않은 어깨, 피부는 흰 편이고, 가슴 사이즈는 괜찮고, 허리도 괜찮고, 다리도 길고 늘씬한 편이고…… 여자 치고는 조금 드세게 생긴 눈매와 살짝 앞으로 내민 듯한 입이 거슬렸지만 그건 표정 연습과 화장으로 커버할 수 있다. 좋아, 외모상으로는 별로 흠잡을 데가 없었다. 이건 매우 큰 이점이다. 하지만 복병은 다른 데 있지.

"누나 학교에서 일주일에 술 얼마나 마셔? 몇 번이나?"

"응? 음…… 이래저래 두 번 정도는 마시게 되는 것 같은데?"

"누나 주량은?"

"소주 한 병에서 한 병 반 왔다 갔다?"

아이고, 많이도 드셔. 언제 그렇게 주량을 쌓았대? 하긴 나도 누나가 고 3 때 뭘 하고 사는지 별 관심이 없긴 했다.

"그…… 희서 형 있는 데서 마신 적은?"

희서 형이라는 말은 내 입술에서 어쩌면 이렇게 감미롭게 떠나는지. 잠시 딴생각에 빠질 뻔했다. 누나는 고개를 갸웃하더니 대답했다.

"뭐…… 대여섯 번 정도? 열 번은 안 되는 것 같아."

대학 들어간 지 이제 겨우 두 달밖에 안 됐는데? 잘하는 짓이다. 나는 한숨을 내쉬었다.

"누나, 앞으로 희서 형 있는 술자리에서는 술을 마시지 말든가, 소주 반 병 이하로 조금만 마셔. 소주잔은 한 잔에 세 번 이상 나눠 마시고, 안주는 선배들이 사 준다고 마구 퍼먹지 말고 깨작거려야 돼. 모든 술자리에서 그러면 제일 좋고, 안 되면 희서 형 있는 술자리에서만이라도 내 말 꼭 지켜. 희서 형이 있는 술자리에는 아예 안 가거나 가서 일찍 뜨는 것도 괜찮고."

"응? 그게 화장이랑 옷이랑 무슨 상관이 있어?"

이 훈련병은 기본이 안 되어 있다. 나는 잠깐 눈을 감고 머릿속을 정리한 다음 초등학생에게 설명하듯 찬찬히 말했다.

"누나, 화장은 왜 하고 옷은 왜 골라 입는 거지? 남자에게, 누나 경우엔 희서 형이라는 특정한 남자에게 잘 보이기 위해서 하는 거 아니야? 내가 그 형을 잘 모르긴 하지만 대체로 많은 남자들에게 호감을 주는 여성상이 있어. 난 그런 모습으로 누나를 꾸며 주려는 거야. 화장과 옷은 그런 여성상을 연출하기 위한 소도구인 거지, 그 자체로 중요한 게 아니야. 그런데 웬만한 남자 못지않은 센 주량이나 왕성한 식욕은 그 여성상에 어울리지 않아. 잘 들어, 누나. 누나가 앞으로 꾸밀 콘셉트는 천진하고 다소곳하면서 상냥한 소녀야."

누나는 마치 자기가 외계인이라는 말을 들은 것같이 멍한 얼굴을 지었다. 그 모습을 보자 왠지 고소했다. 평소에 누나한테 골탕 먹은 걸 조금이나마 되갚은 기분이었다.

"야, 대체 그런 걸 어떻게 꾸며서 하나?"

아이고, 저 말투. 저것도 바꿔 주고야 말겠다. 그래도 절대 못하겠다며 펄펄 뛰지는 않으니 가능성이 있다. 나는 잠시 궁리하다가 휴대폰을 꺼내 손에 쥐고 누나에게 지시했다.

"하나하나 해 보자. 자, 내가 희서 형이라고 생각하고 웃어 봐."

"어…… 꼭 그래야 해?"

"나한테 코치받는 동안에는 내가 하라는 대로 한다며? 웃으라면 웃어 봐. 희서 형이 앞에 있다고 생각하고."

누나는 망설이다가 천천히 웃음을 지었다. 역시나 내가 생각했던 대로의 표정이 나왔다. 쑥스럽고 민망하고 어색해하면서, 한참 굶다가 먹을 것을 앞에 둔 바보처럼 헤벌레한 웃음. 나는 한숨조차 쉬지 않았다. 이 정도는 각오하고 있었으니까. 누나가 웃음을 거두기 전에 재빨리 누나의 모습을 휴대폰 카메라에 담았다. 누나는 화들짝 놀랐다.

"야, 뭐야? 왜 갑자기 사진을 찍고 그래?"

"비포 애프터 사진 남겨 두려고. 나중에 목표 달성하면 지워 줄 테니까, 누나는 일단 신경 끄고 하라는 대로나 해서. 이제 또 한 번 웃어 봐. 이번엔 희서 형이 아니라 다른 사람이 앞에 있다고 생각해 봐. 교수라도 좋고 세계적인 석학이라도 좋고, 세상에서 가장 훌륭하고 누나가 제일 존경하는 사람 앞에서 미소를 짓는 거야. 눈은 30도쯤 지그시 위쪽으로 올려다보고, 온 신경을 쏟아서 그 사람이야기를 듣고 있다고 상상해 봐. 그런데 그 사람이 누나를 똑바로 보면서 이야기를 하는 거야. 기쁘고 가슴 벅차겠지? 그러면서도 그 사람 앞에서 작아지는 기분이 들 거야. 그 기분으로 눈을 반짝 거리면서 웃어 봐.”

한 삼사십 초쯤 생각에 잠겨 있다가 누나는 주문한 대로 살짝 위쪽을 바라보며 미소 지었다. 다시 재빨리 사진을 찍었다. 이번 표정도 어색하긴 했지만 그래도 아까보다는 훨씬 나았다. 나는 그 사진 두 장을 누나에게 보여 주었다.

“자, 봐. 무슨 차이가 있는지 알겠지? 첫 번째 표정은 누가 봐도 부담스러워. 좋아하는 건 알겠는데, 잡아먹을 듯해서 도망가야 할 것 같은 표정이라고. 하지만 두 번째 표정은 어색하긴 해도 ‘당신 은 참 훌륭한 사람이군요! 멋져요!’ 하는 얼굴이야. 자기가 훌륭하 고 멋진 사람이라는데 싫어할 사람 있겠어? 누나는 이제부터 거울 보고 하루 십 분 이상 두 번째 표정을 연습해. 좋아하는 마음은 잠 깐 밀어 놓고, 사심 없이 마음속으로 ‘오빠는 참 훌륭해요!’ 하고 생각하면서 웃어도 보고, 뭔가 물어보는 표정도 지어 보고, 수줍은 표정도 짓고…… 표정이 제일 중요해. 알았지?”

이렇게 나는 누나를 만들어 나갔다. 표정부터 시작해서 건들거 리는 자세를 얌전하게 고치고, 말투가 귀에 거슬릴 때마다 그때그 때 가장 예쁘다 싶은 말투로 교정해 주고, 부모님이 주무신 다음에 는 누나 방에서 웨지 힐을 신고 맵시 있게 걷는 훈련을 시켰다. 누나가 머리를 감은 다음에는 둘이 함께 인터넷을 뒤지며 누나에게 잘 맞는 드라이 방식을 연구하고 고민했다. 투덜거리면서도 그럭저럭 따라와 주는 걸 보니 누나도 아예 재미가 없지는 않은 것 같았다.

누나 방에서 훈련을 마치고 나면 내 방으로 돌아와 생각에 잠겼다. 한시가 천금이라는 고 3 생활의 밤마다 내가 대체 왜 이런 짓을 하고 있을까, 수수께끼 아닌 수수께끼가 머리 위에 무겁게 드리워졌다. 생각의 어두운 미로 속을 수없이 헤매면서 얻어 낸 결론은 결국, 그 사람과 어떻게 해서든 가까워지고 싶구나 하는 마음 아픈 해답. 누나가 물어다 주는 시시콜콜한 일화를 들어 보면 그 사람은 스트레이트, 이성애자가 분명했다. 나는 절대로 그 사람과 연애를 할 수 없을 것이다.

그렇지만 삼 년 만에 첫눈에 이렇게 강렬하게 마음을 흔들어 놓은 사람을 쉽게 흘려보내고 싶지는 않았다. 어떻게든 그 사람 가까이 있고 싶었다. 그러기 위해서는 누나라도 희서 형과 잘되어야 했다. 여자 친구의 남동생이란 즐겨 만날 만한 상대는 아닐지 몰라도 영 못 만날 상대도 아닐 것이다. 이럴 때 누나에게 은혜를 베풀어 놓고 '가끔 셋이 같이 술 마시자.'라고 한다면, 누나도 연애 과정에서 내가 쌓은 공적을 인정하는 한 거절할 수 없을 것이다. 그다음에 뭐가 어떻게 되기를 바라는 것은 아니었다. 희서 형은 이성애자가 확실했고, 만에 하나 그 형이 자각하지 못한 게이나 바이라고 해도 나는 누나의 애인을 빼앗을 정도로 파렴치한 놈은 아니다. 정말이다. 다만 그 사람을 보고 싶었다. 될 수 있는 한 자주.

그래서 내 고3 생활도 변했다. 중간고사가 끝난 후 나는 공부를 열심히 하기 시작했다. 누나와 희서 형이 다니는 그 학교에 가고 싶었다. 구체적인 목표가 생기자 공부 양과 집중력도 조금씩 늘어났다.

내가 공부에 열을 올리는 모습을 보자 누나도 시험공부의 팁을 알려 주기 시작했다.

"성적 빨리 올리는 꼼수를 가르쳐 줄게. 선후는 뒤바뀌었지만, 한 단원 문제를 3개 푼 다음에 그 단원을 들여다봐. 모르면 문제 읽고 답안지 읽는 수준이라도 좋으니 일단 풀어."

누나의 충고를 따라서 수리와 사탐에 시간을 투자해 무조건 문제집을 풀었다. 그렇게 이삼 주 하고 나자 정말 수업 시간에 선생님 말씀이 다르게 들렸다. 예전에는 귓전을 스쳐 지나가던 것들이 조금씩 귀에 들어오기 시작했다.

내 실력이 깨알같이 느는 만큼 누나도 깨알같이 여성스러워졌다. 방심하고 있을 때면 예전 모습이 튀어나왔지만, 이제 하이힐을 신어도 뒤뚱거리지 않고 치마를 입고 어색해서 어쩔 줄 몰라 하지도 않았다. 아직 화장은 서툴렀지만 파운데이션을 바르지 않고 파우더부터 바른다든가, 선크림을 빠뜨리고 바르지 않는다든가 하는 초보적인 실수는 하지 않게 되었다. 즉, 제법 어디 가서 여자 티를 낼 수 있을 정도는 되었다는 말이다. 어느 날 아침 식탁에서 엄마가 "요즘 예경이가 굉장히 여성스러워졌어. 쟤는 백날 천날 선머슴일 줄 알았더니, 확실히 대학에 가고 볼 일이다." 하시는데, 그 말씀에 내가 다 뿌듯했다. 엄마, 대학이 아니라 내가 누나를 바꿔 놓은 겁니다……. 그렇게 말하고 싶었지만 그랬다가는 '허튼 소리 말고 네 공부나 잘해.' 소리가 날아올 게 뻔해서, 아무 소리 안 하고 빵을 집었다. 이번에는 내가 집은 것이 마지막 조각이었다.

원래 봄 학기를 넘겨서는 안 된다고 생각하고 있었다. 누나가 가끔 라이벌인 듯 이야기하는 은미라는 과 동기는 지금 내가 누나에게 가르치는 것, 그러니까 여성스러운 몸가짐과 패션 같은 것을 어렸을 때부터 몸에 익혀 온 '천생 여자'인 것 같았다. 누나가 승부할 수 있는 지점은 엄마 아빠께 감사해야 할 타고난 외모와 '나날이 여성스럽고 예뻐져 간다'는 신선함뿐이었다. 그 신선함이 없어지기 전에 관계를 진전시켜야 했다. 다만, 결정적인 승부를 어떻게 걸어야 할지 감이 잡히지 않았다. 누나한테 알아서 하도록 맡겨 놓는다면 기껏 만들어 놓은 새침하고 조신한 아가씨 이미지가 와장창 무너져 내릴 테고…….

"성준아, 나 술 마실 일 있는데…… 어떡하지?"

5월 중순의 어느 날 밤 누나가 우물쭈물 물어 왔다. 그때 나는 곧 다가온 모의고사 준비 때문에 신경이 약간 날카로워져 있었다.

공부라는 것도 일단 발을 들이면 사람을 빨아들이는 늪 같아서, 한 번 시작하자 기왕이면 시간을 조금 더 투자해서 노력에 대한 보답을 받고 싶어졌다. 그리고 지금까지 누나에게 기본은 다 가르쳐 주지 않았던가. 왜 또 성가시게 묻나. 나도 모르게 대답이 퉁명스럽게 나왔다.

"그게 뭐? 지금까지처럼 하면 되잖아?"

"아니, 그게…… 내일부터 축제라서 보통 때처럼 막 빼고 그러기는 쉽지 않거든. 게다가 첫 축제잖아. 선배들이 가만 안 놔둘 거야."

듣고 보니 그럴듯했다. 그런데 잠깐…… 축제라고? 지금까지 보아 온 모든 로맨스 영화와 여성지의 팁들, 듣기 싫어도 듣게 되던 친구 녀석들의 연애 무용담이 눈앞에서 네온사인처럼 빛나며 머리가 착착 돌아가기 시작했다. 자기도 모르게 목소리를 낮추며 물었다.

"누나, 요새 희서 형이 누나를 대하는 태도는 어때?"

누나의 눈이 별을 바라보는 천체 망원경처럼 반짝거리기 시작했다. 누나는 들뜬 목소리로 말했다.

"어, 원래도 좋은 선배였는데 요즘 굉장히 친절하게 대해 줘. 교양 조별 모임 할 때도 나 쳐다보면서 얘기할 때가 많고, 친구들도 '희서 오빠는 예경이만 챙겨.' 하고 놀려. 이 정도면 나 성공한 거지?"

그렇게 중요한 이야기를 왜 안 한 거냐고 따지고 싶었지만, 연애에서 뭐가 중요하고 뭐가 사소한지 분별할 수 있을 정도면 누나가 내게 도움을 구할 필요도 없었겠지. 여기까지 이끌어 온 것만 해도 누나는 충분히 나의 우등생이었다. 입가에 아빠 미소가 저절로 번졌다.

"잘했어. 그럼 이번 축제 기간에 제대로 마무리를 지어 보자."

"응? 그럼 나 이제 고백해도 돼?"

아…… 취소다. 우등생도, 아빠 미소도 모두 취소. 내가 한껏 한심하다는 표정을 짓자 누나의 신 나 하던 얼굴에 서서히 맥이 풀렸다. 누나는 슬슬 눈치를 보며 우물쭈물 물어왔다.

"아…… 내가 또 뭐 이상한 소리 했어? 고백하면 안 되나?"

"당연하지! 으이그 이 답답아, 고백은 남자가 하게 해야 하는 거야. 여자가 고백을 하면 이미 내 손안의 물고기다 싶어서 매력이 줄어든다고. 남자가 고백을 하고 여자가 망설이면서 받아들여야 '아, 어렵게 얻은 애인이구나.' 싶어서 잘해 주지. 안 그렇겠어?"

"그런데 어떻게 고백을 시켜? 어떻게 해야 내가 하는 것도 아니고 남이 나한테 하게 만들어?"

"해태 눈인 누나가 보기에도 그 형이 누나한테 호감은 있다며? 누나가 고백할 생각을 할 정도면 어느 정도 성사 가능성이 있다고 생각한 거 아냐? 축제가 전부 며칠이지?"

"다음 주 전부니까 닷새."

"이렇게 하자. 처음 이틀 정도는 최대한 희서 형이랑 같이 붙어 다녀. 될 수 있는 대로 남의 눈에 잘 띄는 곳에 같이 다니면서 미묘하게 여친처럼 행동하는 거야. 졸졸 쫓아다니면서 이것저것 사 달라고 하고, 그 형이 무슨 말을 하면 무조건 웃거나 고개를 끄덕이라고. 제일 중요한 건 같이 차를 타고 와야 한다는 거야. 둘째 날쯤에는 선배랑 같이 가려고 기다렸다는 티를 살짝 내도 좋아. 하지만 셋째 날에는 될 수 있는 대로 같이 있지 마. 강의만 듣고 집에 와도 좋겠다. 그러면 아마 주변에서 '예경이는 어디 두고 혼자 다니냐?' 하고 물어보기 시작할 거야……."

녹음 파일을 튼 듯이 입에서 말이 술술 흘러나왔다. 누나를 훈련시키기 시작하면서부터 온갖 경우의 수를 생각하며 수백 번, 수천 번 머릿속에서 짜 맞추어 보던 전략이요 상황이었으니 가능한 일이었다. 사람 사이의 일이니까 100퍼센트 노린 대로 들어맞는다고 장담할 수는 없겠지만 70퍼센트 정도는 성공할 거라고 생각했다. 나는 '미묘하게 여친처럼'의 여러 가지 예를 누나에게 가르쳐 주었고, 축제의 온갖 세부 사항을 둘이 함께 검토하면서 전술을 완성했다.

남의 연애 시작담만큼 재미없는 이야기는 없으니까, 자세한 부분은 생략하고 결과만 말하자. 나의 천재적인 전략 전술에 성실하게 따른 덕택에 누나는 목표 달성에 성공했다. 축제의 마지막 밤에 희서 형은 누나와 함께 밤늦게 택시를 타고 나란히 앉아 오다가 우리 집 앞에 함께 내려서 결국 "나랑 사귀어 보지 않을래?"라는 마법의 말을 내뱉었고, 그다음 날 누나는 행복에 빛나는 얼굴로 10만 원을 내게 건네주었다.

"고마워, 내 동생이지만 정말 대단하다. 아예 연애 컨설턴트로 나서 볼 생각 없어?"

"됐어. 누나니까 해 준 거지 다른 사람한테 이 짓을 또 하라고? 선머슴 하나를 여자로, 그냥 여자도 아니고 여우로 둔갑시키는 게 쉬운 일인 줄 알아? 공부가 더 쉽겠다."

"너 죽을래!"

말은 그렇게 하면서도 누나는 예전처럼 어깨 위로 주먹을 올리지 않았고, 누나의 눈은 웃고 있었다. 순간 뿌듯한 성취감이 온몸을 채웠다. 이거야말로 특훈의 결과로다. 예전 같으면 기분 좋은 건 기분 좋은 거고 날아올 주먹은 날아왔을 텐데.

그리고 뜻밖의 부수입도 있었다. 모의고사 결과가 나왔는데, 반석차가 5등이나 올랐던 것이다. 부모님도 놀라시고 나도 놀랐다. 지금까지 내가 공부를 안 하긴 안 했구나 하는 죄책감도 살짝 들었다. 그래도 명색이 고 3인데, 눈에 드는 남자가 생기고 나서야 그 남자와 같은 대학에 가겠다고 공부를 하다니. 이런 내 마음을 알 리 없는 부모님은 그저 기뻐하실 따름이었다.

"우리 성준이가 고 3이라고 드디어 정신 차리기 시작했구나! 그래, 그렇게만 해."

　엄마는 벙싯대며 축하금으로 기분 좋게 신사임당 한 장을 건네
주셨다. 갑자기 두 달 치 용돈이 생겼다. 세뱃돈 받은 이후 고 3 들
어 가장 풍족한 월말이었다. 5월의 나는 행복했다. 정신적으로도,
물질적으로도.

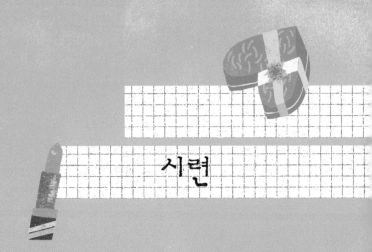

시련

6월의 나는 그다지 행복하지 않았다.

6월 첫째 주 금요일에 나는 누나에게 얘기한 대로 세호와 술을 마셨다. 내가 술을 사 준다고 하자 세호는 산책 나가는 강아지처럼 기뻐하며 줄레줄레 따라왔다. 우리는 미성년자 단속이 별로 심하지 않기로 입소문 난 호프집의 구석에 자리를 잡았다.

"야, 웬일이야? 짠돌이 전성준이 술을 다 사고?"

"내가 왜 짠돌이냐? 매점에서 빵 사거나 라면 사 준 적도 많잖아?"

"에이, 그거야 푼돈이고오~ 네가 사는 술 얻어먹어 보는 건 처음이다. 무슨 일 있어? 시험 잘 봤다고 축하주 사는 거냐?"

"시험은 잘 봤지. 하지만 이건 축하주보다는 너 실연 위로주다. 우리 누나 이제 연애 시작했거든."

최대한 농담처럼 가볍게 이야기하려고 했다. 그러나 그 말을 들은 세호의 얼굴이 창백해지는 것을 보고 나는 당황했다.

'이 녀석, 설마 지금까지 했던 말이 전부 진심이었던 거야?'

세호는 맥주잔을 들어 단숨에 들이켰다. 시끄러운 가게 안에서도 텅 빈 맥주잔이 테이블 위에 내려앉는 소리가 유달리 크고 공허하게 울렸다.

"그래…… 예경이 누나 대학 들어갔으니까. 주변에 좋은 남자들 많을 텐데 왜 솔로로 남아 있겠어. 남자들이 눈이 삔 것도 아닐 테고, 너네 누나같이 좋은 사람한테 짝이 안 생길 리가 있냐."

이런 태도는 예상하지 못했던 것이었다. 나는 세호가 늘 그렇듯이 씨익 웃고 '아이고, 내 팔자야. 짝사랑 하나 제대로 안 되는구나.' 그런 식으로 가볍게 나올 줄 알았다. 그렇지만 지금 분위기를 보아하니 내가 다리를 놓았다고 하면 내 다리몽둥이가 부러질 것 같았다. 나는 가볍게 받아넘기며 분위기를 눙쳐 보려고 했다.

"야, 야, 너 진짜 우리 누나 좋아했던 거야? 너야말로 대학 들어가면 예쁜 여자애들이 줄줄 따를 텐데 왜 우리 누나 같은 깡패한테 목을 매냐?"

"모르는 소리 마. 너희 누나 진짜 괜찮은 사람이다. 물론 얼굴도 예쁘지만, 그것만 가지고 하는 얘기가 아냐. 난 네가 누나 때문에 눈이 높아져서 연애 안 하나 하고 생각했어."

연애 이야기가 나오면 역시 내가 불리하다. 그런데 얘가 뭘 보고 우리 누나에게 그렇게 홀딱 빠졌나 궁금하기도 했다. 안 그래도 세호 역시 그 이야기를 하고 싶었던 것 같았다. 새로 맥주잔이 도착하기도 전에 녀석이 팝콘을 집어먹으며 느닷없이 물었다.

"너 석환이 기억하냐?"

"김석환? 당연하지. 그 녀석 작년에 결국 전학 갔다며. 그런데 걔는 왜?"

김석환은 고1 때 세호와 함께 우리 반이었던 녀석이다. 덩치도 크고 힘도 센 데다가 주먹을 삼갈 줄 몰랐다. 일진이나 깡패까지는 아닌데 힘 조절을 못하는 건지 제 성질을 못 참는 건지, 남들이 화가 나도 한 박자 참고 말로 할 일도 석환이는 주먹이 먼저 나갔다. 그런 모습을 볼 때마다 위태위태하다 싶었지만 막상 한바탕 붙고 나면 뒤끝도 없고 제가 잘못한 일은 사과도 잘 하는 놈이라서 아이들이 그렇게 싫어하지는 않았다. 그래도 그 성질이 어디 가랴. 마침내 작년에 같은 반 애를 사소한 일로 두들겨 패서 전학을 가고 말았다고 들었다. 갑자기 그 녀석 이야기가 왜 나오지?

"재작년 가을에, 학교 끝나고 집에 가다가 우연히 길거리에서 마주친 적이 있었어. 아니, 마주친 게 아니라 나는 걔를 봤는데 걔는 날 못 봤지. 혼자 가고 있기에 지나치면서 인사라도 하려고 했는데……."

말리고 자시고 할 수도 없는 찰나의 일이었다고 한다. 무엇 때문인지 이미 화가 나서 씩씩거리고 있던 석환이가 제 주인과 떨어져 길가에 발발거리고 돌아다니던 조막만 한 몰티즈를 걷어차 버린 것이다. 개는 깽 하고 비명을 지르며 허공을 가로질러 날아갔다.

석환이도 제 성질을 못 이겨 욱하는 김에 저지른 짓이라, 아차 하는 표정이 얼굴에 떠올랐다. 살아 있는 생명을 차 죽인 것도 찜찜한 데다가 개 주인에게 변명하고 사과할 일이 부담스러웠을 것이다. 자칫하면 변상을 해야 할 테니 난감하기도 했을 테고. 그렇다고 냉큼 도망갈 만큼 순발력이 좋은 놈은 아니었다. 그렇게 석환이가 어쩔 줄 모르고 엉거주춤 서 있는데, 뭔가가 무시무시한 속도로 달려와 석환이의 배에 쿵 부딪쳤다. 석환이는 외마디 소리를 지르며 배를 움켜쥐고 고꾸라졌다.

"야, 이 새끼야! 왜 죄 없는 개를 차 던지고 지랄이야?"

거기 우리 누나가 한 손에 몰티즈를 들고 서 있었다. 몰티즈는 조금 놀라기는 했지만 다친 데는 없어 보였다. 지나가던 누나가 날아오는 개를 운 좋게 공중에서 받은 것 같았다. 누나는 여세를 몰아 석환이의 배에 두어 번 더 세찬 발길질을 해 댔다.

"이 자식아! 넌 누가 너한테 이러면 좋냐? 좋아?"

'아이고야…… 눈앞에 보인다 보여.'

세호의 말을 들으며 그 장면이 눈앞에 선하게 그려졌다. 정말 누나 다웠다. 겁 없는 우리 누나. 동물 좋아하고 오지랖도 넓으시고.

하지만 누나가 아무리 겁이 없고 운동 신경이 좋아도 석환이만 한 남자를 때려눕힐 정도는 아닌데…….

"그게, 너네 누나가 불같이 화를 내면서 석환이 배를 노리고 화구통을 든 채로 돌진했는데, 그 화구통이 빗나가서 그만 녀석 거기에 정통으로…… 킥킥킥……."

그 순간만큼은 나도 세호도 웃음을 참지 못했다. 재수가 없어도 어쩌면 그렇게 없냐. 붓이다 물감이다 이것저것 가득 들어 있었을 화구통에 하필이면 거기를 맞다니, 불쌍한 석환이 녀석. 고자가 되지는 않았을까. 둘이 한참 키득거리며 웃은 다음 세호가 이야기를 계속했다.

"그때 너희 누나 정말 멋있었다. 한손에 개를 안아 쥐고 '멀쩡한 사내놈이 이렇게 약한 짐승이나 괴롭히고 앉았냐, 이 지질한 놈아?' 하고 호통치는 거야. 그러는 사이에 개 주인이 뛰어왔는데, 이번에는 개 주인한테 인사를 꾸벅 하고 개를 건네주면서 '죄송합니다. 개는 안 다친 것 같고, 제 후배가 못된 짓을 해서 제가 따끔하게 야단쳤으니까 너무 혼내지 마세요.' 하더라고. 그러니까 석환이도 어벙벙해져서 아무 말도 못 하고. 사실 난 그 순간에 너희 누나한테 반했어. 세상에 예쁜 여자애는 꽤 있지만 박력 있고 의협심 있는 여자애는 많지 않잖아. 예경이 누나는 예쁜 데다가 정의감도 용기도 있으니, 어떻게 반하지 않을 수가 있겠냐."

'아냐, 세호야. 그거 그냥 전예경이 아무 생각이 없었던 거야.'

그 말이 당장이라도 튀어나오려고 했지만 나는 꾹꾹 눌러 참고 묵묵히 잔을 기울였다. 친구의 첫사랑을 깨 버린 죄인이 무슨 할 말이 있으리오. 게다가 이 술자리의 주인공은 세호였다. 세호는 계속 누나의 장점을 이것저것 꼽았다. 세호 말대로라면 누나는 예쁘고 정의감 넘치고 예절 바르고 속 깊고 다정하며 생명 있는 모든 것들을 사랑하는 천사였다. 에라, 이 녀석아. 그 특제 콩깍지는 대체 어디서 제작한 거냐. 한 잔 한 잔 거듭 마시며 누나 칭찬을 한참 늘어놓더니 세호는 술기운에 눈가가 불그스름해진 채 힘차게 고개를 끄덕였다.

"그래! 너희 누나같이 매력적인 사람이 대학에 들어가서 연애를 하는 건 당연하지. 하지만 그렇게 쉽게 포기하지는 않을 거야. 대학생이 고등학생과 연애하려고 들지는 않겠지만, 내년에 내가 대학 들어가서 대시하면 누나도 날 다르게 봐 줄지 모르잖아? 성준아, 네 생각은 어때?"

안 그래도 녀석의 장광설을 듣다 보니 애써서 연애를 억지로 시키다시피 한 희서 형보다 세호 녀석이 누나한테 더 잘해 줄지도 모르겠다는 생각이 들기 시작한 참이었다. 게다가 지은 죄가 있으니 거기서 차마 희망을 꺾는 말을 할 수는 없었다.

"으응…… 그렇지. 대학생끼리 한 살 차이야 뭐……."

나는 애매하게 말꼬리를 흐렸지만 세호에게는 그걸로 충분했다. 녀석의 얼굴에 자신만만한 웃음이 퍼졌다.

"그렇고말고! 내가 다른 건 몰라도 누나를 좋아하는 마음 하나만은 남한테 뒤지지 않을 자신 있어. 내일부터 공부 열심히 해서 누나가 다니는 대학, 아니면 그 이상 가는 대학에 들어가고 말 테다! 그러고 나서 누나에게 좋아한다고 고백하면, 누나도 날 좋아하게 되겠지? 어떻게 생각해?"

그래, 이게 내가 아는 세호 녀석이지. 근거 없는 자신감이 뱃속에 가득 차 있고, 언제나 유들유들하고 낙관적인 녀석. 이 모습을 잃어버리고 싶지 않던 나는 세호의 희망적인 전망에 장단을 맞추었고, 우리는 둘 다 얼근히 취한 채 그럭저럭 기분 좋게 집으로 돌아갔다. 그렇지만 그 술자리 아래에 깔린 쓸쓸함과 세호에게 미안한 마음은 꽤 오랫동안 입 안에 남아 있었다.

6월 말에는 잘 지내는 것 같던 누나 쪽에서 사건이 터졌다. 어느 날 밤 누나가 씩씩거리며 내 방에 불쑥 들어왔다.

"성준아, A/S 좀 해 주라."

"아 뭐야, 연애까지 갔으면 그다음엔 알아서 해야지."

책상에서 인터넷 강의를 듣고 있던 나는 짜증을 내며 누나를 바라보다가 흠칫했다. 얼굴이 벌게진 누나의 기세가 예사롭지 않았다. 석환이에게 화구통을 들고 덤볐다던 기세가 저럴까. 내가 희서 형이라면 저런 모습을 보고 오줌이라도 지릴 판이다. 나는 인터넷 강의를 중지시켜 놓고 바닥으로 내려와 들을 자세를 잡았다. 누나는 내 침대에 털썩 주저앉았다.

"나 참 기가 막혀서…… 어제 우리 리포트까지 다 제출하고 오늘부터 방학이란 말이야!"

성미가 치솟으면 밑도 끝도 없는 건 연애를 하나 안 하나 여전하다. 그렇게 말하면 내가 사정을 어떻게 안단 말인가. 나는 말없이 누나를 빤히 쳐다보았다. 그렇게 삼사십 초 지나자 누나의 열기와 호흡이 조금씩 가라앉았다. 그때서야 나는 말을 꺼냈다.

"무슨 일인지 얘기해 봐. 둘이 싸웠어?"

"오빠가 그렇게 구는데 싸울 수밖에 없잖아!"

또 버럭이다. 이런 식으로 말하는 걸 듣다가는 내 쪽에서도 화가 날 판이다. 나는 천천히 마음속으로 다섯까지 센 다음 차분한 목소리로 말했다.

"자, 누나. 육하원칙에 따라서 왜 화가 났는지 기술해 봐. 언제, 어디서, 누가, 왜, 어떻게 누나를 화나게 한 거야? 그렇게 이야기하지 않으려면 방에서 나가서 종이에 써서 나한테 제출해. 나 지금 고 3이고, 내일모레 기말고사야. 내 시간을 뺏으려면 좀 체계적으로 빼앗아 달라고."

이렇게 말하자 그나마 약간 효과가 있었다. 누나는 공부할 시간을 축내 미안하다고 사과하면서 최대한 정리해서 이야기를 해 주었다. 그래 봤자 울분에 차서 더듬거리는 말이었지만, 듣다 보니 조금씩 그림이 그려졌다. 누나 말로는 또 그 은미라는 동기가 문제였다. 누나와 희서 형 둘이 사귄다고 과 내에 다 알렸는데도 은미의 태도는 변함이 없더란다. 희서 형한테 밥을 사 달라고 하고, 티켓 생겼으니 영화 같이 보자고 하고, 시험공부를 도와 달라고도 한 모양이다. 문제는 희서 형이 그 여자한테 단호한 태도를 보이지 않는다는 점이었다. 나름 거절한다는 것이 우물쭈물 '바쁘다', '예경이와 선약이 있다' 정도고, 누나가 바라는 것처럼 '이러지 마라. 내 애인은 예경이고, 난 예경이 기분 상하게 하기 싫다.' 하고 딱 부러지게 말하지는 못한단다. 그래서 늘 불만이었는데 급기야 오늘은 은미는 끼어 있지만 누나는 하지 않는 방학 프로젝트 준비 모임을 도와준다며 오후 시간을 다 날렸다는 것이다. 방학 첫날이라 같이 영화 보고 저녁 먹고 술자리까지 이어지는 데이트를 기대했던 누나는 화가 나서 전화로 '어떻게 그럴 수가 있냐'고 쏘아 댔고, 희서 형은 적반하장으로, '프로젝트 모임인데 그럼 어떡하냐. 나한테는 은미도 후배인데, 내가 걔 빼고 모이자고 말할 수도 없는 거 아니냐. 데이트는 며칠 후에 하면 되지 않냐. 예경이 너 그렇게 안 봤는데 별것 아닌 일에 집착하는 것 같다.'라고 말하더라는 것이다.

들다 보니 누나 기분도 희서 형 기분도 이해할 수 있을 것 같았다. 자기 애인이 다른 여자와, 그것도 노골적으로 꼬리 치는 여자와 시간을 보낸다면 당연히 기분이 나쁘겠지. 게다가 화가 나서 따졌는데 오히려 과잉 반응이라고 삿대질을 당한다면 누나 성격에 애인이고 뭐고 따지지 않고 후려 패고 싶을 것이다. 한편으로 희서 형 입장에서는 자기가 바람을 피운 것도 아니고 늘 하던 대로 후

배를 대한 것뿐인데 왜 얘가 화를 내나, 연애를 한다고 이렇게 구속받아야 하나 싶은 생각이 들겠지. 양쪽 다 이해는 가는데, 문제는 내게 이런 상황에 대한 해결책이 없다는 것. 긴 한숨이 나왔다. 난 연애 사전이 아니라고.

'정직은 최선의 정책'(Honesty is the best policy.)이라는 말이 꼭 영어 참고서에서만 유효한 것은 아니다. 나는 최대한 진심이 전달되기를 바라며 정직하게 말했다.

"누나, 무슨 말인 줄은 알겠는데, 솔직히 말해서 어떻게 해야 할지 모르겠어. 연애까지 가는 길은 참고할 요령이 있는데 일단 연애에 들어가서 생기는 문제는 커플마다 다 다른 것 같아. 사랑싸움은 보통 싸움과 달라서 한번 싸워 이긴다고 다 상대방을 휘어잡고 사는 것도 아니고. 게다가 난 지금까지 연애 한 번 안 해 본 모태 솔로야. 나한테 뭘 바라냐고?"

"야! 난 너만 믿고 있는데, 그러면 어떡해? 우리 사이에서 은미 계집애 쫓아낼 전략을 좀 짜 봐, 응?"

누나야, 나도 그런 게 있으면 짜고 싶다. 누나 연애가 얼마나 심혈을 기울여 만든 작품인데, 벌써 망쳐지면 나도 곤란하거든? 아직 희서 형을 다시 만나지도 못했다고! 하지만 내가 무슨 용™빼는 재주가 있다고 문제를 듣자마자 뾰족한 수가 생각나겠는가. 지금은 누나를 달래는 수밖에 없었다.

"누나, 미안. 난 제갈공명이 아니잖아. 전략을 짜라고 한다고 앉은 자리에서 마구 짜낼 재주는 없어. 하지만 시험 끝나고 잘 생각해 볼게. 그동안 희서 형이랑 이 정도 사이만 유지하고 있어. 더 나빠지지 말고. 화낼 일이 있어도 조금 참아 줘. 알겠지?"

"뭐야, 그럼 화가 나도 아무 말도 하지 않고 있으라고?"

그게 정답이기는 하지만 누나 성격에 그게 가능할 리가 없다. 그렇다고 그렇게 말하면 불벼락이 나한테 쏟아질 판이다. 내가 한참 아무 말도 못 하고 있으니 누나가 먼저 한숨을 쉬었다.

"에휴, 네 말마따나 내가 낼모레 시험인 애를 붙잡고 뭐하는 짓이냐. 알았어. 최대한 얌전히 굴어 볼게. 대신 너 시험 끝나면 A/S 확실히 해라, 응?"

그렇게 한 차례 폭풍이 지나갔고, 나는 이것저것 골치 아픈 생각을 하기 싫어 참고서와 문제집을 더욱 열심히 붙들었다. 어째 연애는 누나가 하고 후폭풍은 다 내가 맞는 듯한 이 느낌이 착각이라면 좋을 텐데. 그나마 슬금슬금 오르고 있는 성적만이 유일한 낙이었다.

그렇지만 누나의 부탁이 아니더라도 희서 형에 대한 생각은 떨칠 수 없었다. 공부하는 시간이 늘어났지만 가끔씩 창밖을 내다보는 시간, 침대에 누워 눈 감고 잠이 오기를 기다리는 시간까지 완전히 없어지는 것은 아니었고, 그런 시간이면 자연스럽게 희서 형과 지금의 내 처지에 대한 생각이 뭉게뭉게 일어나 복잡하게 얽혔다. 내가 담배를 피우지 않는 것이 다행이라는 생각이 들었다. 담배를 피웠다면 그 시간만큼 희서 형 생각을 더 했을 테니까.

누나에게는 미안하지만, 그 시간 동안 누나의 연애에서 은미라는 여자를 쫓아낼 전략을 구상한 것은 아니다. 매일 그 여자 얼굴을 보는 누나는 어떨지 몰라도 나는 은미라는 여자가 어떤 여자인지 막연하기만 했고 실질적인 위협으로 느껴지지도 않았다. 대신 마음속에 떠오르는 것은 '희서 형도 게이라면 얼마나 좋을까?' 하는 상념이었다. 그러게, 그 형도 게이라면 얼마나 좋으랴. 미친 척하고 고백이라도 해 볼 텐데. 지금처럼 누나에게 대리 연애를 시켜 놓고 이렇게 시름시름 가슴앓이를 하고 있지는 않을 텐데.

누나는 형에게 고백을 받던 때를 몇 번이나 이야기했다. 축제 마지막 날 누나는 나와 의논한 대로 12시를 조금 넘길 때까지 술을 마시다가 퍼뜩 일어섰다.

"앗, 뭐야, 벌써 시간이 이렇게 됐네. 늦었어요. 택시 타야 되겠다."

딱히 누구한테 하는 말은 아닌 듯이, 하지만 "늦었어요." 하고 말할 때는 희서 형을 살짝 스쳐보면서. 이미 축제 기간 동안 둘이 같이 있던 분위기에 익숙해진 과 선배와 동기들은 "야, 데려다 줘라." 하고 야유 반 격려 반 분위기로 희서 형의 등을 떠밀었다. 희서 형은 겸연쩍은 태도로 일어나 누나 뒤를 졸졸 따라와 학교 앞에서 택시를 잡았다. 누나가 뒷좌석으로 들어가자 형도 자연스럽게 누나 옆자리에 탔다. 하긴 집이 가까우니 자연스럽다면 자연스러운 일이다.

"아저씨, 경남 아파트 가 주세요."

다행히 택시 기사 아저씨는 말이 없는 분이셨고, 택시 안에는 심야 라디오 방송에서 나오는 낮은 음악과 두 사람의 숨소리만 깔렸다. 누나는 나중에 "고백받을 때보다 이때 더 가슴이 두근거렸어." 하고 말했다.

나는 그 순간을 자주 상상했다. 방금 전까지만 해도 아카시아 잔향이 묻어 있던 봄밤, 택시의 좁은 뒷좌석에 엉글어 있는 어둠, 창밖에서 빠르게 두 사람을 스치고 지나가는 한밤의 불빛들, 음악에 섞여 귀를 기울이지 않으면 들리지 않지만 분명히 그곳에 있는 그의 숨소리, 맥박 소리, 술과 흥분으로 높아진 체온…… 닿을락 말락 가까이 놓인 손. 그리고 그곳에 누나가 아닌 내가 있다면.

이윽고 우리 집 앞에 와서 택시에서 내리고, 그 사람이 말한다.

"너 술 많이 마셨잖아. 잠깐만 바람 좀 쐬고 들어갈래?"

누나는…… 아니 나는 지금이 말을 해서는 안 되는 순간이라는 것을 안다. 그저 싱긋 웃으며 고개를 끄덕인다. 둘은 누가 먼저랄 것도 없이 조용히 보도의 연석에 걸터앉는다. 신록의 짙푸른 향기가 섞인 밤공기가 시원하다. 그는 담뱃갑에서 담배를 뽑아 불을 붙이고 한 모금 길게 들이마신 후 말한다.

"이런 말…… 이상할지 모르지만, 네가 좋아. 우리…… 사귀지 않을래?"

처음에 들었을 때는 참 멋없는 고백이라고 생각했는데, 그 장면에 희서 형의 멋쩍은 모습을 몇 번 겹쳐 그려 보자 나중에는 세상에서 그보다 더 낭만적인 고백이 없을 것 같은 느낌이 들었다. 나는…… 아니 누나는 숨을 잠깐 멈추었다가 후우 내쉬고는 머뭇거리며 묻는 듯한 얼굴로 형을 올려다보았다. 그렇게 누나의 침묵이 이어지자 형은 당황해서 얼굴을 붉히며 횡설수설하기 시작했다.

"아, 아니. 엉큼하다고 듣지 말았으면 좋겠는데, 처음 봤을 때부터 너, 예쁘다고 생각했어. 그런데 점점 예뻐지고…… 참 착하고 매력적인 후배라고 느꼈어……. 너를 더 알고 싶어. 너랑 같이 이것저것 하고 싶어. 물론 너무 갑작스러운 얘기고, 네 눈에 내가 안 찰 수도 있겠지만……."

누나는 형의 횡설수설이 잦아들 때까지 계속 물끄러미 쳐다보다가 손을 내밀어 가만히 희서 형의 손을 쥐었다. 흡 하고 숨을 들이켜는 소리가 분명히 들렸다고 했다. 그리고 누나는 고개를 끄덕이며 낮은 목소리로 속삭였다.

"……좋아요. 저도……."

오빠 좋아했어요. 오빠 사귀는 거 좋아요. 듣는 사람이 마음속으로 무슨 말이든 채워 넣을 수 있도록 누나는 거기서 말을 끊어 버렸다. 그다음에는 아무 일도 일어나지 않았다. 둘은 얼굴이 상기된 채로 서로 오 분 정도 말없이 손을 잡고 있다가 헤어졌다.

맹세하지만 고백을 받은 다음 누나가 한 여우짓은 내가 코치한

게 아니다. 처음 그 이야기를 듣고 나는 사랑하는 사람의 본능이란 얼마나 강력한 것인가 싶어 망연자실해졌다. 로맨틱이나 여우짓과는 십만 팔천 리 떨어져 있는 누나가 그런 짓을 할 줄 알다니. 아무리 사전에 머리를 짜내었어도 그때 누나가 한 행동보다 더 깊은 인상을 주기는 힘들었을 것이다. 내가 직접 고백을 한다 해도 이정도면 이길 수가 없었다. 그 이야기를 듣고 난 후부터 공부를 하다가 밤이 깊어지고 집 안에 아무도 깨어 있지 않을 때면 나는 혼자 창밖을 보며 중얼거려 보곤 했다. 어차피 들을 사람은 창 너머에 펼쳐진 어둠밖에 없었다.

"우리…… 사귀지 않을래? ……좋아요, 저도……."

가끔 그렇게 중얼거리다 보면 나도 모르게 눈시울이 뜨끈해졌다. 아무리 생각해도 이건 너무 행복해서 현실 같지 않은 고백이었다. 서로 모르던 사람, 서로 세상에 있는 줄도 모르고 이십 년을 따로 살아오던 사람과 사람의 마음이 통한다는 건 얼마나 기적 같은 일인가. 내게도 언젠가 그럴 날이 올까. 유리창에 머리를 대고 그런 생각을 하다 보면 아파트 앞동에 군데군데 켜진 불빛이 흐릿하게 번져 보이곤 했다.

호사다마. 좋은 일 하나 있으면 나쁜 일은 떼거지로 몰려온다고 하던가. 골치 아픈 문제도 마찬가지다. 이쪽에서 뭔가 터졌는가 싶으면 저쪽에서도 뻥 터진다. 6월에는 6월의 문제가 있었고, 7월에는 7월의 문제가 기다리고 있었다. 본편은 7월이었다.

기말고사가 끝나고 온도계의 온도와 습도는 나날이 가파르게 올라가고 있었다. 반 아이들 모두 숨 막히는 무더위에 지쳐 늘어진 채 얼른 방학이 오기만을 손꼽아 기다리고 있었다. 방학에 학원에 가든, 배짱 좋게 공부는 때려치우고 놀든, 뭘 하든 학교만 안 오면 좋을 것 같았다. 그나마 우리 교실은 고 3이라고 수업 시간에 에어컨을 틀어 주었지만, 아침저녁 학교에 오가는 이삼십 분 동안 하루치 더위와 피로를 다 적립하는 듯한 기분이었다. 그런 더위 속에서도 성실한 나는 몇 번이고 누나와 희서 형의 관계를 생각해 보려고 애썼으나 뾰족한 답은 나오지 않았다. 그렇게 하루하루 7월을 보내던 참이었다.

"야, 전성준!"

점심시간에 엎드려 낮잠을 즐기고 있는데 누군가가 내 등짝을 철썩 갈겼다. 제법 매운 손맛에 나는 벌떡 일어났다.

"뭐야? 아, 왜 때려?"

"몇 번 불렀단 말이야. 니가 안 깨잖아. 누가 너 좀 불러 달래."

앞문 문간에 앉은 박진석이었다. 등이 얼얼할 정도였지만 앞문에서 제법 안쪽인 내 자리까지 와서 깨워 준 것도 성의는 성의니 대놓고 화낼 수도 없었다. 나는 "아 씨, 자식 손 되게 맵네." 하고 투덜거리며 교실 앞문으로 나갔다.

"어? 너 웬일이냐?"

그곳에 서 있는 사람은 작년에 같은 반이었던 윤슬아였다. 성격 털털하고 오지랖도 넓어서 여자아이들 사이에서는 제법 세력이 있는 것 같았지만, 나와는 딱히 친하지도 않고 싫어하지도 않았던 사이라 이름과 얼굴 정도만 기억하고 있었다. 아무리 생각해 봐도 슬아가 나를 찾아올 이유가 없었다.

"너 잠깐 시간 있어? 나가서 나랑 얘기 좀 하자."

슬아는 다짜고짜 내 팔을 붙잡고 계단으로 끌고 갔다. 어어 하는 사이에 나는 뒤운동장으로 내려가는 계단참 아래로 끌려 들어갔다. 이곳은 여학생들이 심각한 이야기를 할 때 애용하는 장소였다. 남자들은 거의 이쪽에 오지 않았고, 온다 하더라도 이미 와서 앉아 있는 여학생이 있으면 슬그머니 피해 다른 곳으로 가곤 했다. 어차피 남학생들이 후미진 장소를 찾는 건 기껏해야 담배 피우려고 하는 건데, 굳이 여자들과 척을 져 가면서 여기를 고집할 이유는 없으니까. 말하자면 이곳은 암묵적인 '여자들의 장소'인 셈이다. 그런 곳에 여자랑 둘이 서 있게 되자 매우 어색했다.

"무슨 일인데?"

"너, 여친 있어?"

우리는 거의 동시에 말을 내뱉었다. 그래서 나는 순간 잘못 들었나 했다.

"뭐? 방금 뭐라고 했어?"

"너 여친 있냐고."

"아니, 없는데……. 아니 잠깐, 그런데 그걸 왜 물어보는데?"

슬아는 내 말에 대답하지 않고 모퉁이 쪽으로 손짓을 했다.

"야, 얼른 나와!"

모퉁이 뒤에서 쭈뼛쭈뼛 나오는 여자아이는 한 번도 본 적이 없었다. 키는 160이 좀 넘어 보였고, 어깨까지 쭉 뻗은 생머리와 살짝 눈꼬리가 처져 가만히 있어도 웃는 듯한 눈매, 뚱뚱하지도 마르지도 않은 몸, 가무잡잡한 피부색 정도가 눈에 들어왔다. 예쁘장하다면 예쁘장하고 평범하다면 평범한 인상이랄까. 느릿느릿 나오는 속도가 마음에 안 들었는지, 슬아는 휘적휘적 걸어가 그 아이의 팔을 잡고 내 앞까지 단숨에 끌고 왔다.

"민지야, 얘 여친 없단다. 전성준, 얘는 정민지라고 우리 반 앤데 네가 맘에 든대. 자, 나는 둘이 소개해 줬으니까, 이제 둘이 잘 해 봐라. 나는 간다."

그러더니 슬아는 정말로 후다닥 뛰어가 버렸다! 나는 어안이 벙벙해서 슬아가 사라진 방향만 멍하니 바라보다가, 민지의 헛기침 소리에 정신을 차렸다. 앞을 바라보니 민지가 얼굴이 홍당무가 된 채로 서 있었다.

"어…….."

"아…….."

둘 다 한참 동안 그렇게 말을 잇지 못하고 있었다. 먼저 말을 건넨 쪽은 민지였다. 저녁놀처럼 불타오르는 얼굴을 하고도, 민지는 똑바로 나를 쳐다보고 또박또박 말했다.

"미안, 슬아가 갑자기 저렇게 말해서 놀랐지? 내가 대신 사과할 게. 하지만 슬아 말이 거짓말은 아냐. 나 네가 좋…… 좋은 것 같아."

머릿속이 하얗게 지워지는 것 같았다. 대답할 말이 하나도 생각 나지 않았고 의문만 뭉게뭉게 피어올랐다. 얘는 대체 언제부터 날 본 거지? 내 어떤 모습을 보고 내가 좋다고 생각한 거고? 하지만 내가 지금 좋아하는 사람은 따로 있고…… 난 얘를 좋아하지 못할 텐데? 어떻게 거절해야 하지?

내 침묵을 어떻게 해석한 것인지, 갑자기 민지가 배시시 웃었다. 원래도 인상이 나쁜 아이는 아닌데 웃으니까 훨씬 정감이 가고 화 사해 보이는 타입이었다.

"생판 모르는 애가 갑자기 좋아한다고 해서 놀랐겠다. 나도 사 실 너 잘은 몰라. 그냥 우리 서로 남친 여친 후보 정도로 생각하면 어때? 그것도 어렵다면 새로 사귀는 친구? 나 너를 좀 알고 너랑 친해지고 싶어. 처음에 그 정도는 괜찮잖아?"

그 말을 듣는 순간 민지에 대한 인간적인 호감이 확 생겼다. 그 냥 수줍어서 몸을 비비 꼬고 말도 못하는 아이였다면 별 고민도 없 이 거절했을 것 같다. '네가 나에 대해서 뭘 알고?' 하는 반감도 없 었다고는 못하겠다. 그런데 상대를 좋아한다는 명백한 약자 입장 에 서서도 당당하게 자기 생각을 말하는 모습을 보자 나도 이 아이를 좀 더 알고 싶다, 친구가 될 수 있다면 딱 좋겠다는 생각이 들었다. 그 이상의 선은 아직 잘 모르겠지만…… 솔직히 과연 내가 여자 친구를 사귈 수 있을지 호기심이 생기기도 했다. 내가 게이라고 믿고 살아왔지만 사실은 여자에게도 끌릴 수 있다면? 그러면 세상 살기가 조금 편해지지 않을까? 한번 시험해 볼 만한 가치가 있지 않을까? 이기적인 계산이지만 가장 먼저 떠오른 생각이었다.

"어, 그래……."

어정쩡한 내 대답에도 민지는 활짝 웃었다.

"받아 줘서 고마워. 그럼 앞으로 자주 보자."

정말 짧은 대화 같았는데 어느덧 5교시 시작 벨이 울리고 있었다. 우리는 서둘러 전화번호를 교환하고 헤어졌다.

교실에 들어오니 다들 난리였다. 누군가가 민지와 내가 계단 아래 서 있는 것을 보고 그새 소문을 퍼뜨린 게 틀림없었다. 나와 좀 친하다 싶은 녀석들의 호들갑은 말도 못했다. 이 녀석들 말만 듣고 있으면 민지와 나는 벌써 만리장성 쌓고 넬모레 예식장에 손잡고 들어갈 판이었다. 5교시 끝난 후 쉬는 시간은 순전히 '친구들'을 진정시키고 '제수씨'에 대한 헛된 기대를 깨는 데 허비해 버렸다. 특히 세호 녀석은 영 미련을 버리지 못했는지 하굣길에서까지 몇 번이나 물었다.

"정말? 정말 사귀는 거 아냐? 고백받은 거 아냐?"

"아 정말, 날도 더운데 몇 번씩 똑같은 말 시키네. 아니라니까.

그냥 슬아가 소개해 주겠다고 오지랖 떤 거고 기왕 그렇게 된 거 서로 친하게 지내자고 한 거라니까."

"아오, 아깝네! 난 드디어 이 천연기념물 떨이로 팔아 치우나 했더니."

"뭐 인마? 너 우리 누나가 애인 생겼다고 아주 대놓고 찬밥 취급이네? 나중에 대시한다더니 다 뻥이었냐? 이제 내 협조는 필요 없다 이거지?"

"어? 아니 아니 성준아, 그런 게 아니고오~ 민지 걔가 워낙 괜찮다고 소문이 난 애라서 농담으로 해 본 소리지이~."

세호의 신소리를 들으며 집에 돌아와 책상 앞에 앉자, 갑자기 머리가 멍해졌다. 점심시간 때의 일이 책장처럼 머릿속에서 다시 휘리릭 넘어갔다. 내가 큰 실수를 한 건 아닐까. 사실 누나 빼놓고 제대로 알거나 친한 또래 여자는 거의 없었다. 자격지심 때문인지, 여자들과 말이 통할까 봐 무서웠다. 내가 스스로를 게이일 거라고 생각하는 것과 내 안에서 여성적인 모습을 발견할지도 모른다는 공포는 별개였다. 설령 내가 게이라고 해도 남자보다 여자와 말이 통하고 취미가 통하고 잘 어울리는, 여자 같은 남자이고 싶지는 않았다.

"으이구…… 괜히 받았어, 괜히!"

나는 책상 앞에서 머리를 감싸 쥐었다. 속에서 천불이 나는 듯 답답했다. 누구와 어떻게 의논을 해 볼 수 없다는 게 가장 답답했다. 그렇게 얼마 동안 있었을까. 갑자기 휴대폰이 부르르 울렸다. 민지의 카톡이었다.

> 너 괜찮아? 우리 반에는 소문 다 나 버렸어.

> 우리 반도. 뭐라고 했어?

> 아직 사귀거나 하는 건 아니고, 슬아가 소개해 준 김에 친구 되기로 했다고.

민지나 나나 생각하는 건 비슷한 듯했다. 다행이었다. 우리는 약간 서먹하게 서로 취미나 공통의 지인들을 묻기 시작했다. 민지는 작년에 6반이었고, 나는 8반이었다. 오다가다 마주쳤을 법도 한데 눈에 띄는 인상이 아니어서 그런지 기억이 나지 않았다. 내가 잘 어울리는 녀석들 중에서는 현수와 정훈이와 좀 친했다고 한다. 요리와 영화 감상을 좋아한다기에 방학하면 영화 한번 보러 가자고 했다. 나는 차마 패션 잡지 읽는 게 취미라고는 말 못 하고, 옷 구경을 좋아한다고 했더니 민지는 '내 남동생은 옷 구경 같이 가자고 하면 거의 치를 떠는데. 남자애들은 다 엄마가 골라 주는 옷이나 입고 사는 줄 알았어.' 하고 웃는 이모티콘을 보내 왔다. 민지의 화술이 좋은 건지 우리가 성격이 맞는 건지, 아니면 얼굴을 맞대고 하는 대화가 아니라서 그런 건지, 의외로 대화가 술술 풀렸다. 아까는 난감하기 이를 데 없던 마음이 많이 진정되는 기분이었다. 나중에 또 보자고 인사하고 채팅방에서 나오는데 누가 뒤통수를 딱 때렸다.

"아! 뭐야?"

"너야말로 뭐야? 저녁 먹으라고 몇 번을 불렀는데 나오지도 않고!"

"어, 그랬어?"

시계를 보니 벌써 저녁 7시였다. 나는 멋쩍게 웃으며 일어나 식탁으로 향했다.

식탁에는 늘 그렇듯이 나와 누나 밥만 차려져 있었다. 부모님이 오시면 8시가 넘으니 누나와 나는 먼저 차려 먹고 부모님은 회사 근처 식당에서 먹고 오시거나 나중에 집에 와서 따로 드신다. 누나나 내가 차린다고 해 봤자 엄마가 해 놓은 음식을 데우는 수준이지만, 그래도 차려 놓았는데 얼른 안 오면 짜증은 난다. 내가 차릴 때도 종종 화를 냈던 일이기에 이번에는 누나가 뒤통수를 때린 데 유감은 없었다.

6인용 식탁에서 둘이 밥을 먹으면 아무래도 서로 멀뚱멀뚱 쳐다볼 수밖에 없다. 누나가 열심히 밥을 먹는 모습을 보다가 문득 그런 생각이 들었다.

'누나한테 물어볼까?'

누나의 연애 프로젝트를 맡으니 이런 점은 좋았다. 예전 같으면 누나가 얼마나 놀려 댈지 뻔히 짐작되기 때문에 연애 문제를 물어볼 엄두조차 내지 못했다. 하지만 이제는 누나가 나한테 아쉬운 판인데, 뭐.

"누나, 뭐 하나 물어봐도 돼?"

"뭔데?"

"어…… 그게…… 나 오늘 고백받았는데……."

"뭐어?"

누나는 밥 먹다 말고 입을 떡 벌렸다. 조금 전까지 누나가 열심히 우물거리던 감자조림이 튀어나오지 않은 건 다행이지만, 약간 밸이 꼴리기도 했다. 대체 그동안 날 어떻게 보고 있었던 거야?

"누가 너 좋아한대? 정말로?"

"아, 뭐야. 내가 그렇게 인기 없어 보여?"

"아니, 너 고백받았다는 말 한 거 처음이잖아. 신기해서 그러지. 그래서, 넌 걔가 마음에 들어?"

"아직 마음에 들고 말고 할 정도로 알지도 못해. 오늘 처음 봤는걸."

"아, 하여간 신기하다. 내 동생한테 고백이 다 들어오다니. 그런데, 뭘 물어본다는 거야?"

"어…… 아까도 말한 것처럼 난 처음 보는 애야. 첫인상이 나쁘지는 않은데, 그렇다고 생판 모르는 애한테 고백을 받았다고 덥석

'그래, 우리 사귀자.' 할 수는 없는 거잖아. 누나는 그래도 나보다는 고백 많이 받아 봤을 테니까 이럴 때는 어떻게 하나 물어보는 거야."

"음, 고백. 내가 고백을 좀 많이 받긴 했지. 그런데 난 그냥 딱 봐서 꽂히면 사귀고 아니면 차 버렸는데? 너도 아니다 싶으면 그냥…… 아, 아니다. 그러면 넌 언제 여자 사귈지 모르지."

"누나! 죽을래?"

"누나더러 죽을래라니, 너 까분다? 너야말로 죽어 볼래?"

이게 누나야 적이야. 아니, 사실 누나는 계속 이랬지. 내가 요즘 희서 형 건으로 누나와 밀월 기간을 즐기다 보니 잊고 있었던 것뿐이다. 절로 한숨이 나왔다.

"에휴…… 내가 누나한테 물어본 게 잘못이다. 됐네요. 엄마 아빠한테 이야기하지나 마. 고 3인데 여자 사귄다고 잔소리 잔소리 하실 테니."

"그 정도는 기본이지. 설마 동생이 머리털 나고 처음 하는 연애를 도와주지는 못할망정 엄마 아빠한테 얘기해서 훼방을 놓겠냐. 아, 좋은 생각 났다!"

갑자기 누나 얼굴이 환해졌다.

"뭔데?"

"희서 오빠한테 물어보자. 오빠 말로는 자기가 중학교 때부터 연애도 제법 하고 친구들 연애 상담도 많이 했다던데, 이럴 때 어떻게 하면 좋을지 알 것 같지 않아?"

"오! 괜찮은데?"

그건 정말 좋은 생각이었다. 누나는 상기된 얼굴로 말을 이었다.

"그러면서 너도 은미 일 슬쩍 물어보는 거야. 어때? 꿩 먹고 알
먹고, 좋지? 집도 가깝겠다, 내가 내일이라도 시간 잡아 볼까?"

어째 한참 그 이야기를 안 꺼낸다 했는데, 누나도 그 일로 계속
골머리를 앓고 있었던 모양이다. 누나답지 않은 잔머리가 귀엽기
도 하고 측은하기도 했다. 하지만 희서 형을 볼 수 있는 기회를 놓
칠쏘냐. 그러고 보면 그토록 희서 형을 자주 생각했지만 직접 본
것은 딱 한 번뿐이었다. 그때의 내 감정이 착각이었을지도…… 아
니, 이런저런 골치 아픈 걸 다 떠나서, 형이 보고 싶었다.

"좋아, 당장 날짜 잡아 줘!"

희서 형을 만나기 위해서는 은근히 맞추어야 할 조건이 많았다.
우선 희서 형과 누나와 나 세 명 다 시간이 비어야 했다. 형과 누나
는 방학 프로젝트와 아르바이트를 시작했고, 내가 학원 끝나는 시
간과 맞추면 저녁 9시쯤 되어야 서로 얼굴을 볼 수 있었다. 형네
집과 우리 집이 가까워서 장소 맞추기는 쉬울 것 같았는데 오히려
어려웠다. 형이야 괜찮지만 누나는 집 근처에서 너무 오랫동안 술
을 마실 수 없다고, 그랬다가는 부모님 귀에 들어갈 거라고 버텼
다. 술집에서 밤늦게까지 술 마시는 대학생이 얼마나 많은데 엄마

아빠 귀에 들어갈 걱정을 하느냐고 따졌지만 누나는 완강했다.

"산토끼는 자기 굴 입구에 난 풀은 안 먹는다는 속담도 있어. 우리 집 근처면 고등학교 때 친구들, 재수 없으면 선생님들, 동아리 후배들, 누구를 마주칠지 모르는데 왜 위험한 짓을 하니?"

"뭐야, 그런 속담 난생처음 들어 본다."

투덜거리긴 했지만 일리 있는 말이었다. 남자들 사이에서야 밤 늦게까지 술 마시는 일이 별 허물이 아니지만 여자는 또 다르겠지 싶기도 했다.

그런데 자칭 산토끼 씨, 자기 굴 입구의 풀을 안 먹으려고 호랑이 굴로 들어가나?

결국 만남 장소로 잡은 곳은 희서 형네 집이었다. 마침 그다음 주 주말에 희서 형 부모님이 1박 2일 여행을 간다고 하셨고, 엄마 아빠한테는 방학 시작하고 나서 누나가 아는 선배에게 가서 진로 진학 상담을 받기로 했다고 둘러댔다. 완전히 거짓말도 아니니까.

그래서 7월 말의 후덥지근한 여름밤, 나와 누나는 희서 형네 집에 들어서게 되었다.

누나가 내 앞에서 먼저 샌들을 벗었다. 누나도 남자 친구 집에 오는 것은 처음인지 조금 긴장한 것 같았다. 나는 많이 긴장하고 있었다. 가슴이 두근거리고 얼굴이 마구 달아오르는 것 같았다. 희서 형에게 이상하게 보일까 봐 두려웠다. 손에 든 검은 비닐봉지가 바스락거리는 소리마저 유난히 크게 느껴졌다. 당연히 그 속에는 맥주와 마른안주가 들어 있었다. 술을 사 가자고 고집을 부린 쪽은 누나였다.

"야, 연애 상담에는 당연히 술이 있어야지."

형과 술을 마신다고 생각하자 더럭 겁이 나기도 했고 새삼 좋기도 했다. 술자리를 같이하면서 마음속 고민을 털어놓는다는 건 처음에는 바라지도 못하던 사치 아닌가. 3월에 처음 시작한 여행, 끝이 어딘지 모르지만 여기까지 올 수 있었던 것만으로도 놀랍고 가슴이 아렸다. 이게 꿈이라면 깨지 말았으면 좋겠다는 생각이 들었다.

헐렁한 흰색 티셔츠와 남색 반바지를 입은 희서 형은 우리를 자기 방으로 안내했다. 2단지에 사는 친구들도 많기 때문에, 아파트 구조는 뻔히 다 알고 있었다. 하지만 희서 형 방에 들어가는 기분은 역시 남달랐다.

"마루에서 얘기해도 되는데, 에어컨 켜는 것도 그렇고 내일 청소하기가 번거로워서. 이해해 줘."

형이 쑥스러운 듯이 웃으며 말했다. 가슴이 터질 듯이 쿵쾅거렸다. 그럼요. 이해하고말고요. 술자리는 역시 아늑해야 제맛이니까요. 형이 매일 자고 일어나고, 옷을 갈아입고, 음악을 듣고 인터넷을 하는 내밀한 공간에 들어왔다고 생각하니 그것만으로도 어질어질, 피돌기가 두 배쯤 빨라지는 것 같았다. 형은 방에 달린 작은 창문형 에어컨을 켜고 네모난 앉은뱅이 상을 폈고, 우리는 그 앞에 둘러앉았다. 누나는 형과 같은 쪽에 앉고, 나는 혼자 둘을 마주 보고 앉았다. 누나가 형과 다정하게 붙어 앉은 모습을 보니 한편으로는 보기 좋고, 한편으로는 좀 허전했다. 형 때문에 누나를 질투하지는 않을까 걱정했는데 막상 직접 보니 누나가 형 쪽으로 훌쩍 가 버린 것 같아 서운했달까. 저 대마왕한테도 이런 기분이 들다니 신기했다. 하긴 친구 중에서 현수는 다섯 살 아래 여동생을 애지중지하다 못해 언젠가 "여동생한테 집적거리는 놈은 일단 한 대 쥐어 패고 나서 얘기 시작할 거다."라고 말해서 경악한 적도 있었다. 그때는 '나 같으면 데려간다는 사람 있으면 고맙다고 절을 하겠다.' 하고 생각했지만······.

"예경이한테 얘기는 대충 들었어. 일단 축하한다. 여자가 먼저 고백하기가 쉬운 일이 아닌데, 그 애가 널 굉장히 좋아했나 보다."

희서 형이 웃으며 맥주 캔을 내밀었다. 나는 어색하게 캔을 부딪치고 한 모금 길게 들이켰다.

"그런데 아직 잘 모르겠어요. 내가 먼저 좋아한 게 아니라서 그런지, 일단 친구로 지내고는 있는데 어떤 감정이어야 여자 친구로 사귀게 되는 건지······."

사실은 알지, 잘 알지. 누구에게든 동일이나 형에게 느낀 감정의 반의 반, 아니 십 분의 일이라도 느끼게 된다면 그 관계를 연애라고 이름 붙이고 정성스레 가꿀 거다. 그 사람과 같은 공기를 숨 쉬기만 해도 술에 취한 듯이 아찔하고, 생각만 해도 숨이 막히고 목이 마를 것이다. 지금 내가 그런 것처럼.

"애 모태 솔로거든, 오빠."

누나가 톡 끼어들었다. 민망했지만, 한편으로 누나가 변명해 주는 것 같아 고맙기도 했다. 그러나 희서 형은 어이없다는 듯이 나를 뚫어지게 바라보았다.

"정말? 고 3이 되도록 여자 친구 사귀어 본 적이 한 번도 없어? 짝사랑도 해 본 적 없어?"

"어…… 없어요."

침을 꿀꺽 삼키고 거짓말을 했다. 나도 모르게 얼굴에 피가 확 몰리는 것을 느끼고 고개를 숙였다. 희서 형의 의기양양한 목소리가 머리 위에서 들려왔다.

"야, 예경이 동생인데 누나랑 완전 딴판이네. 예경아, 너 동생 수줍어하는 거 반만 닮아 봐라. 여자애가 활발한 것도 좋지만 얌전한 맛도 있어야지 말이야."

"오빠! 그래서 불만이야?"

누나가 발끈하자 형이 누나 어깨에 팔을 두르며 웃었다.

"그럴 리가. 놀리면 이렇게 금방 흥분해서 더 귀엽다니까, 우리 예경이."

역시 서둘러 칠한 페인트는 쉬이 벗겨지는 건가 보다. 본색이 그리 쉽게 바뀌는 건 아니니까. 그래도 누나 이야기를 듣고 걱정했던 것보다는 누나와 형이 사이가 좋은 것 같아 다행이었다. 다른 또래 커플이라면 닭살 돋는 짓 그만하라고 허공에 발길질을 했겠지만……. 나는 자기도 모르게 비식 웃음을 베어 물었다. 형이 멋쩍은 듯이 헛기침을 했다.

"흠, 하여간 말이야…… 상황을 정리해 보자. 넌 지금 고 3 여름 방학이고, 고백을 받은 입장이고, 친구로 지내고 있다는 거지. 데이트는 한 적 있어?"

"네, 방학하고 한 번 만나서 백화점 같이 다니면서 옷 구경하고 저녁 먹고 집에 바래다줬어요."

"그러면서 무슨 이야기를 했는데?"

"무슨 이야긴요…… 옷 구경하러 갔으니까 옷 이야기 했죠."

"그러면 안 되지. 여친 후보인데, 최대한 다정하게 대해야지. 좋아하는 것 싫어하는 것 물어보고 농담도 하고 자주 웃어 주고, 데이트할 때는 돈도 내고 해."

"하지만 여친으로 사귀는 건 아닌데요?"

"상대는 너한테 마음을 줬으니 달리 좋아하는 사람이 없다면 최대한 그 마음에 맞춰 주려고 노력해 봐. 그랬는데도 좋아할 마음이 안 생긴다면 어쩔 수 없지만 대부분은 여친처럼 지내다 보면 진짜 여친이 되게 마련이야. 너 걔가 마음에 안 드냐? 못생겼어?"

형이 너무 직선적으로 말하는 바람에 나는 조금 당황했다.

"아뇨, 못생긴 건 아니고…… 수수하지만 예쁜 편이에요. 대학 들어가서 꾸미면 꽤 예쁠 걸요."

"그럼 뭐가 문제야. 내 말대로 해 봐. 지금은 그 애도 너랑 만나면 많이 긴장하고 어색해서 자기 매력을 발휘하지 못할 테지만, 진짜 미운 여자는 세상에 많지 않다. 그렇게 지내다 보면 그 애 매력의 최대치가 보일 테고 그때 결정하면 돼. 어차피 네가 먼저 고백한 것도 아니고, 네가 사귀고 싶은 다른 사람이 있는 것도 아니니까 서두를 필요는 없는 거잖아. 상대가 고백을 했으면 그 마음을 받아들이려고 노력해 보는 게 예의 아니겠어?"

그렇게 생각할 수도 있구나. 신기했다. 나는 지금까지 상대가 좋아한다고 해도 내가 좋아하는 마음을 품고 있지 않으면 깔끔하게 거절하는 게 예의라고 생각했는데, 형의 말로는 상대에게 친절히 대하면서 상대가 매력을 한껏 발휘해 내 마음을 사로잡을 기회를 주는 것이 예의라는 것이다.

그런 말을 들으니 더 물어볼 필요 없이 형이 왜 은미라는 여자한테 그렇게 대하는지도 이해가 갔고, 누나가 왜 속이 터지는지도 알 것 같았다. 여자 친구 입장이라면 형은 참 얄미운 사람일 것이다. 아마 형은 딱히 바람 피울 마음이 없어도 모든 여자에게 친절하게 대할 테고, 그게 왜 여자 친구에게 괴로운 일인지 절대 이해하지 못할 것이다. 그리고 더 큰 매력을 지닌 여자가 나타나면 별 죄의식 없이 그 여자에게로 마음이 옮겨 갈 것이다. 형이 바람둥이라서가 아니라, 형에게는 남녀 간의 신의에 대한 개념이 다른 거니까. 아니, 어쩌면 바람둥이란 그런 사람일지도 모르겠다. 남녀 간의 신의라는 것에 대한 개념이 없거나 상대와 그 개념이 다른 사람.

그때부터 나는 형의 조언을 한 귀로 듣고 한 귀로 흘렸다. 들어 봤자 나는 그 말대로 따르지 못할 테니까. 그 대신 나는 형의 모든 것에 집중했다. 술이 점점 들어가면서 가끔 터뜨리는 너털웃음, 살짝 술기운이 들어간 누나가 떠들 때 누나를 바라보는 눈길, 내가 연애 문제로 답답한 소리를 할 때 "아니, 그런 게 아니라…….", "너, 몇 년만 더 있어 봐. 형 말이 맞았구나 할 테니까." 하면서 손을 젓는 모습.

사람이 사람에게 품는 감정은 어디서 시작되고, 무얼 먹고 자라 나는 걸까. 나는 형의 사람됨을 알지도 못하면서 첫눈에 반했고, 좋게 말하면 우유부단하고 나쁘게 말하면 여자에게 헤픈 일면을 보면서도 점점 빠져드는 마음을 추스를 수가 없었다. 형과 함께 내 연애와 대학 문제를 이야기하는 일 분 일 초가 괴롭고도 즐거웠다. 그렇지만 머릿속 한구석에서 또 다른 내가 속삭이는 말이 들려왔 다. '뭐야, 정신 차려. 네가 좋아할 만한 멋진 녀석이 아니잖아.'

댓돌이라도 하나 올려놓은 듯 가슴이 답답했다. 모든 게 엉망진 창인데, 빠져나올 길이 보이지 않는 상황이었다.

우리는 11시 반쯤 자리를 떴다. 누나는 형과 좀 더 같이 있고 싶 은 눈치였지만 부모님이 기다리시는데 나 혼자 들어갈 수는 없는 노릇이었다. 누나와 형은 아쉬운 티를 내며 작별 인사를 했고, 내 가 신발을 신고 먼저 밖에 나가 있는 동안 살짝 키스도 하는 것 같왔다.

"어때, 좀 도움이 됐어?"

돌아오는 길에 누나가 흥분한 듯이 물었다. 나는 씁쓸한 기분으로 고개를 끄덕였다. 달리 어떻게 대답할 수 있겠는가.

"그렇지 뭐. 고 3인데, 사귄다고 해도 대학 들어가야 본격적으로 사귀는 거잖아. 형 말대로 잘 대해 주면서 친구로 지내야겠지."

좋은 조언을 받아 고마워하는 사람처럼 말하고 싶었는데, 어째 점점 열의 없는 대답이 되어 갔다. 그런 태도가 표가 났는지 누나도 별달리 토를 달지 않았다. 집까지 가는 길은 짧았다. 우리는 둘 다 말없이 터벅터벅 걸었다. 방금 전까지 에어컨이 켜져 있던 방에 있다 나와서 그런지 밤공기는 기분 나쁘게 후텁지근했고, 가로등 불빛에 옆으로 뻗은 그림자가 길었다. 아스팔트 바닥에 길게 드리워진 그림자가 도깨비같이 우리를 따라 움직이는 모습을 보며 나는 마음속으로 조용히 속삭였다.

'하지만 누나, 형이랑 깨져도 너무 아쉬워하지는 마. 난 아쉽겠지만, 누나는 아쉬워하지 않아도 되겠어.'

그렇게 희서 형 집에 다녀온 다음부터 누나가 조금 달라졌다. 그전에는 풀 방구리에 쥐 드나들듯 내 방에 와서는 둘이 손 붙잡고 어디에 갔느니 무엇을 먹었느니 하며 시시콜콜 연애 이야기를 늘어놓던 누나였다. 나도 귀찮은 척하면서도 귀를 쫑긋 세우고 희서

형의 소식을 들었다. 그런데 그다음부터는 왠지 내 방에 오는 횟수
가 뜸해졌고, 가끔 와도 연애 이야기를 별로 꺼내지 않았다. 대신
인터넷에서 본 이야기나 학교에서 일어난 일 같은 잡담만 하다가
돌아가곤 했다.

'왜 그럴까?'

곰곰 생각해 보니 답은 두 가지 중 하나일 것 같았다. 무슨 일로
형이랑 사이가 안 좋아졌지만 아직 연인이니 내게 형 험담을 하고
싶지는 않은 것이거나, 아니면 사이가 더 깊어져서 이제는 다른 사
람과, 특히 부모 형제와는 공유할 수 없는 영역인 육체관계까지 넘
어간 것이거나.

어느 쪽인지 물어볼 수는 없었다. 그리고 어느 쪽이든 생각하기
싫었다. 누나의 연애 생활 따위, 대체 누가 알고 싶단 말이냐. 상대
가 희서 형만 아니었다면. 어차피 궁금해해 봤자 누나가 먼저 이야
기해 주지 않는 한 알 수도 없는 일이었다. 나는 최대한 누나의 연
애사에 신경을 끄고 도를 닦는 심정으로 지내려고 했다. 그러려고
노력했다.

그렇지만 그즈음 누나가 내 방에 왔던 일 중에 기억에 남는 게
없었던 것은 아니다. 특히 방학 마지막 주에 누나와 했던 이야기는
상당히 오래 곱씹을 거리를 남겨 주었다.

방학 마지막 주, 희서 형 집에 다녀오고 이 주쯤 지났을 때였던
것 같다. 학원에서 돌아와 씻고 창문을 열어 놓고 선풍기를 튼 채

로 수학 문제집을 풀고 있었다. 방학 때라 학원 두 군데에 다녀와도 아직 해가 중천에 걸린 오후 시간이었다. 그때 느닷없이 누나가 수박을 푸짐하게 잘라 담은 접시를 들고 방에 들어와 구석의 앉은뱅이 상에 내려놓더니 엉덩이를 바닥에 붙였다.

"요즘 너 공부 열심히 한다?"

"뭐야, 고 3이 그럼 열심히 해야지 용 빼는 재주 있나. 누나는 할 일 없어?"

'연애는 잘돼 가?' 소리가 목까지 차올랐지만 꿀걱 삼켰다. 누나는 내려와서 같이 수박 먹자고 손을 까딱거렸다. 어쩐지. 나 먹으라고 가져온 게 아니라, 혼자 먹기 심심하니 내 몫까지 쎘셨구먼? 그래도 누나가 챙겨 주는 것이 싫지는 않았다. 냉큼 의자에서 내려가 시원하고 달달한 수박의 과육에 이를 박았다. 우리는 한참 말없이 우물거리며 수박을 해치웠다. 둘이서 4분의 1통 정도 먹고 나자 누나가 물었다.

"너, 연애는 잘돼 가냐?"

내가 하고 싶던 질문을 내가 받으니 왜 이리 짜증이 나는지. 안 물어보길 잘했다. 나는 먹던 수박을 내려놓고 한숨을 쉬었다.

"아, 누나. 연애 아니라니깐. 그냥 친구야. 내가 지금 연애 같은 거 할 때야?"

"연애에 무슨 때가 있냐? 나 같으면 고 3이고 뭐고 내가 좋아하는 사람 있으면 연애했겠다. 그냥 걔가 안 좋은 거구나?"

"아, 누나 좀! 그만해!"

나도 생각하기 복잡해서 미뤄 두고 있는 문제를 남이 찔러 들어오면 화가 날 수밖에 없다. 하지만 연년생 동기간에 프라이버시란 화장실에 들어가 있는 동안을 제외하면 아무 의미가 없는 것 같다. 아니, 화장실에서 내가 샤워를 하고 있어도 벌컥벌컥 문을 열고 할 말을 하고 가는 게 우리 누난데 뭐. 내가 어떻게 해야 마음의 화장실에서 누나를 퇴치할 수 있을지 생각하는 동안 누나는 마지막 일격을 날렸다.

"아, 희서 오빠 때문에 미치겠다. 며칠 전에 또 싸웠어."

"또 왜? 그 은미인가 뭔가 하는 여자 때문에?"

심드렁한 척하며 물었지만 속으로는 바짝 긴장할 수밖에 없었다. 이런 긴장은 누나의 연애가 깨질까 봐 걱정되어서라기보다는, 희서 형 이야기가 나올 때의 반사 작용 같았다. 'I'm all ears'라는 숙어는 진짜 사람 마음을 잘 꿰뚫어 본 표현이다. 온몸이 귀가 되어 님의 소식을 들으려고 쫑긋쫑긋. 내 님은 아니지만 내가 바라보는 님을 향하여 쫑긋쫑긋. 다행히 이럴 때의 누나는 님의 소식을 실어 오는 데 인색하지 않은, 말 많은 바람이었다.

"은미도 은미지만, 나랑 생각이 너무 안 맞아. 며칠 전에 무슨 이야기를 하다가 고등학교 때 이야기가 나왔거든. 너 그거 모르지? 우리 반에 레즈 커플 있었어. 어…… 정확히 말하면 하나는 우리 반이고 하나는 우리 옆 반이었어. 걔네 둘이 그런 사이인 거 예체

능계 여자애들 대부분 알고 있었는데, 워낙 애들이 둘 다 인기 많고 괜찮은 애들이라서 기독교 신자 애들 몇 명 빼면 다들 나쁘게 생각하지 않았어."

"어…… 그래?"

최대한 표현하지 않으려고 억눌렀지만, 상당히 큰 충격을 받았다. 우리 학교에 그런 커플이 있었다니. 그것도 같은 학년 학생들이 은근히 지지해 주었다니. 이야기만 들어도 마음 한구석이 수박처럼 시원해지는 기분이었다. 누나가 쿡쿡 웃었다.

"아, 너 몰랐구나? 그 둘이 커플이 되어서 서러워한 여자 후배들도 많았는데. 너네 학년 여자애들도 선물 주려고 우리 반 문 앞에 줄 서고 그랬어. 화이트데이 때 난리도 아니었다. 초콜릿 선물하는 애, 향수 선물하는 애, 어떤 애는 속옷도 선물했다더라. 그래서 둘이 싸움 날 뻔도 하고."

"그런데 그 이야기가 왜 나온 거야?"

누나는 이야기를 한번 시작하면 자기 마음대로 샛길로 빠지는 버릇이 있다. 제대로 된 정보를 들으려면 옆에서 계속 적절한 질문을 던져 줘야 한다. 다행히 이번에는 제 갈 길로 돌아가는 데 그리 오래 걸리지 않았다.

"아, 우리 학교에 동성애 동아리가 있거든. 방학 중 행사 공고를 붙여 놨더라고. 그거 보고 문득 생각나서 고등학교 때 걔네 이야기를 했어. 둘이 참 잘 어울렸는데 지금도 잘 지내나 모르겠다, 그런 이야기도 하고. 그런데 희서 오빠가 '그거 여자애들이니까 봐줄 만하지, 남자애들이 그랬으면 진짜 역겹다.' 그러는 거야!"

완전히 예상 밖의 일은 아니었지만 듣는 순간 가슴이 내려앉는 것도 어쩔 수 없었다. 그래, 이게 대한민국 보통 남자의 시선이겠지. 동성애는 역겹고, 동성애자는 더럽고. 희서 형도 보통 남자니까 충분히 그렇게 생각할 수 있는 거지. 그렇게 되뇌면서 마음을 진정시키려고 했다. 그러나 누나가 흥분한 포인트는 조금 다른 데 있는 것 같았다.

"그게 대체 무슨 소리야? 웃기잖아, 똑같은 동성애인데 왜 여자애들이 그러는 건 봐줄 수 있고, 남자애들이 그러는 건 역겨운데? 아니, 일단 누가 누구를 좋아한다는데 그걸 옆에서 남이 봐준다 역겹다 하는 게 말이나 되니? 누구한테 허락받고 연애하는 것도 아니고."

"어…… 그도 그러네."

누나는 이미 '답은 정해져 있다. 넌 그대로 말하기만 해라.' 상태에 들어가 있었기 때문에 달리 대답해 봤자 싸움만 날 것이다. 그럴 때는 대체로 누나 말에 찬동하고 슬그머니 넘어가야 한다는 게 내가 터득한 생활의 지혜였다. 그러나 이번에는 나도 누나에게 진심으로 동감이었다. 동성애건 아니건 사랑하는 두 사람 간의 감정에 대해 남이 뭐라고 할 일은 아니잖은가. 더구나 동성애면 동성애지, 남자 동성애냐 여자 동성애냐에 따라서 평가가 갈릴 일은 아니었다.

"그래서 어떻게 했어?"

"어떡하긴. 오빠한테 그대로 말했지. 동성애자가 왜 역겹냐고. 그 사람들도 그냥 사람을 사랑하는 건데 그게 동성인 것뿐 아니냐고. 그걸 옆에서 누가 왜 역겹다 아니다 평가하느냐고. 그랬더니 오빠가 어깨를 으쓱하면서 '걔넨 비정상이잖아.' 그러는 거야. 열 받아서 '그럼 왜 남자 동성애는 역겹고 여자 동성애는 괜찮은데?' 하고 물었더니, 세상에…… 한다는 소리가 뭔지 아니?"

"왜? 뭐라고 했는데?"

이제 정말로 온몸이 하나의 커다란 귀로 변한 느낌이었다. 좋아하는 사람이라서 궁금한 게 아니라 진심으로 대답이 궁금해졌다. 누나는 넌더리가 난다는 표정으로 대답했다.

"'어차피 여자애들은 진짜 섹스하는 것도 아니고, 보기에도 예쁘잖아.'란다."

"헐…… 뭐야, 그거 심하잖아."

순간 나도 밸이 뒤틀리는 것을 참을 수 없었다. 누나는 동의를 구하는 표정으로 나를 똑바로 바라보았다.

"그렇지? 너무 화가 나더라. 그런데 어떻게 화를 내야 할지 모르겠더라고. 내가 왜 화를 내는지 이해도 못 해. 나중에는 '야, 너 무슨 운동권이야? 너도 나도 동성애자가 아닌데 우리가 왜 이런 걸로 싸워야 해? 그만 화 풀어.' 하는데 뭐라 할 말은 없고 속에서는 천불이 나고……."

"그러게. 누나 진짜 열받았겠다."

운동권이나 진보 쪽에서는 동성애자들을 지지하고 보수 쪽에서는 동성애를 잘못된 것으로 생각한다는 이야기는 들은 적이 있다. 사실 나는 진보니 보수니, 정치적인 건 잘 모른다. 동성애에 대해서도 아직 생각이 복잡하다. 내가 동성애자라는 건 인정하지만 아닐 수 있다면 얼마나 좋을까 하는 부질없는 생각을 요즘도 한다. 하지만 내가 동성애자건 아니건, 좋아하는 사람이나 내 친구가 다른 사람의 사랑이나 불행을 구경거리로 취급한다면 그것만으로도 무척 화가 날 것 같았다. 더구나 그 '다른 사람'에 나도 포함되어 있다면…….

누나는 아직도 화가 뚝뚝 떨어지는 매서운 눈초리로 나를 휙 쳐다보았다.

"넌 어떻게 생각해? 동성애자가 그렇게 비정상이야? 레즈는 '진짜 섹스'를 안 하는 거야?"

"누, 누나…… 그걸 왜 나한테 물어?"

"대답해 봐. 너도 남자잖아. 남자들 다 그렇게 생각해? 내가 화내니까, 남자들은 다 그렇게 생각한대. 여자들이 마음이 약하고 개인주의적이라서 동성애에 너그러운 거래. 그리고 여자 동성애자들은 어차피 제대로 된 섹스를 안 하거나 나중에 남자랑 사귀게 되니까 그건 괜찮다는 거야. 너도 그렇게 생각해?"

"아냐! 누구 맘대로 남자들이 다 그렇대? 그건 형 생각이고, 난 안 그래."

나도 모르게 목소리가 높아졌다. 여자 동성애자들에 대해서는 별로 생각해 본 적이 없고 그들이 어떻게 섹스를 하는지도 모르지만, 희서 형이 나보다 더 잘 알 것 같지도 않았다. 그렇지만 나는 여자 동성애자들이 진짜 섹스를 하는지 아닌지 내가 판정할 일이 아니라는 건 안단 말이다. 내 격렬한 반응에 누나는 만족스러운 듯이 고개를 끄덕였다.

"그렇지, 그래야 내 동생이지."

우리는 누가 먼저랄 것도 없이 크게 한숨을 내쉬며 다시 수박 한 쪽씩을 먹어 치웠다. 나는 새로 알게 된 정보로 머릿속이 멍멍했다. 희서 형이 스트레이트일 거라고 확신은 하고 있었지만, 동성애에 대해서 그렇게 냉담하고 경멸하는 태도를 갖고 있을 거라는 생각은 못 했다. 반면 누나가 동성애에 그렇게 개방적일 줄도 몰랐다. 나는 새삼스러운 눈으로 누나를 다시 보게 되었다. 그러다 보니 생각도 못 했던 궁금증이 슬그머니 솟아 올랐다.

"저기…… 누나, 그러면 누나는 누나 친구나 아는 사람 중에서 누가 동성애자라면 어떻게 할 거야?"

나는 조심스럽게 묻는다는 티를 내지 않으려고 애쓰며 물었다. 그러나 누나가 누구인가. 눈치 없음의 대명사가 아닌가. 누나는 별 걸 다 묻는다는 듯이 픽 웃으며 말했다.

"어떡하긴 뭘 어떡해. 어, 그렇구나 하지."

"정말? 남자라도?"

"나랑 연애할 남자 아니면 무슨 상관이야. 그런가 보다 하는 거지."

우리 누나가 이렇게 쿨한 사람이었나? 예술을 전공하는 사람이라서 이렇게 개인주의적인 태도를 보일 수 있는 걸까? 아니면 타고난 성격이 그런데 내가 지금까지 눈치채지 못하고 있었던 걸까? 왜 난 지금까지 몰랐지? 형제란 너무나 가까이서 자라서 서로 전체를 보지 못하는 나무들 같은 것일까? 처음으로 세호가 누나에게서 느낀 매력을 이해할 것 같았다. 혹시나 내가 동성애자라는 사실을 누나가 알게 되더라도, 지금 이 마음만 유지해 주면 좋겠다는 생각이 들었다. 수박은 달고 시원하고 맛있었다.

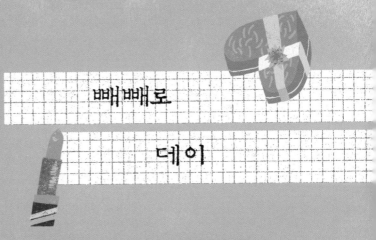

빼빼로

데이

방학이 지나고, 3학년 2학기에 접어들고, 가을이 오고, 수능을 보다.

　이 무슨 무미건조한 요약이란 말이냐. 그렇지만 그런 말밖에 할 수가 없다. 나라고 다채롭고 풍성한 감성으로 지난 몇 달을 묘사하고 싶지 않을까. 그러나 그렇게 묘사할 만한 것이 없었다. 나는, 아니 우리는 아침에 일어나 학교에 갔고, 수업을 들었고, 점심을 먹고, 다시 수업을 듣고 종례를 하고 보충 수업을 듣고 학원이나 집에 갔다. 일과는 변하지 않았고, 쳇바퀴 위에서 도는 다람쥐가 된 기분이었다.

　그런데 그 다람쥐 노릇에는 생각지도 못한 중독성이 있었다. 공부를 적당히 할 때는 느끼지 못했던 기분이었다. 삼십 분 이상 전력 질주를 하면 찾아온다는 '러너스 하이(runners' high)'처럼 고통 속에 묘한 쾌감이 섞이는 느낌이랄까. 수학 문제집을 풀고, 영어 지문을 읽고, 학원에서 나온 숙제를 하고 있다 보면 머리가 멍해지면서 아무런 딴생각이 나지 않았다. 수능을 앞둔 초조감도, 희서 형을 바라보는 혼자만의 연정도, 민지와 이야기할 때 꼭 끝에 씁쓸하게 남는 미안함의 앙금 같은 것도 수능이 가까워 올수록 서서히 머리와 가슴 바깥으로 밀려났다.

'공부만 하고 놀지 않으면 바보가 된다.'는 영어 속담의 뜻이 이해가 갈 것도 같았다. 수험용 지식들이 머릿속에 차곡차곡 들어오는 대신 사람이나 사물에 대한 느낌은 뿌연 간유리를 통해 보는 시야처럼 흐릿했다. 아무도 없는 차가운 새벽 거리를 걸어 학교로 가면서 가끔 내가 처한 상황을 생각하면 '이래도 되는 걸까. 이렇게 꼬인 상황에서 손 놓고 넋 놓고 있어도 되는 걸까.' 하는 마음과 '수험생이잖아. 모든 건 수능 끝난 다음에 생각해.' 하는 마음이 서로 다투었다. 그러나 새벽의 고요와 냉기가 걷히고 나면 그런 생각도 증발해 버리고, 나는 다시 수능 전선에 뛰어들어 영어 단어를 외우고 수학 문제를 풀고 국어 지문을 독해했다.

모의고사마다 성적은 오름세였고 선생님이나 부모님은 칭찬과 격려를 아끼지 않았지만 공부를 하기 전 막연히 좋겠다고 생각한 것만큼 기쁘지는 않았다. 반대로 친구들은 한 달 정도 서먹해하고 무슨 고 3 벼락치기를 그렇게 열심히 하느냐고 농담을 섞어 갈궜지만 그것도 생각만큼 서운하지 않았다. 공부가 장거리 경주라던 어른들 말이 맞았다. 천천히 꾸준히 페이스 조절을 하고 어쩌고 그런 이야기가 아니다. 장거리 달리기 막바지에 이르면 몸이 저절로 움직이면서 결승점에 가닿는 것밖에 아무 생각이 나지 않는 것처럼, 수능용 지식들은 마치 누가 던져 넣는 것처럼 머릿속에 저절로 쌓여 갔고 대신 내가 주체적으로 하는 생각은 '수능이 얼른 끝났으면 좋겠다.'라는 것밖에 없었다.

그리고 수능이 끝났다.

정답을 맞춰 보고 친구들과 함께 술을 마셨다. 1차 호프집, 2차 감자탕 집에 갔다가 3차 노래방에서 테이블을 두드리며 괴성을 지르고 난리를 친 다음 말끔하게 필름이 끊어졌다. 노래방에서 어떻게 나왔는지, 몇 시에 어떻게 집에 들어왔는지 하나도 기억나지 않았다.

다음 날 아침 눈을 떴을 때는 모든 것이 꿈 같았다. 벗어 놓은 옷은 침대 아래에 널브러져 있고, 나는 알몸으로 이불을 둘둘 감고 있었다. 퍼뜩 일어나 휴대폰으로 날짜부터 확인했다. 꿈이 아니었다. 수능 다음 날이었다. 어제 마신 술 때문에 머리가 지끈지끈하고 몸에 기운이 하나도 없었지만, 수능 다음 날이었다. 허탈했다.

"뭐야…… 이게 다야?"

나도 모르게 소리 내어 중얼거렸다. 설날이 되어 한 해가 바뀌면 세상의 빛이 달라질 거라고 생각했던 어린 시절처럼, 마음속 한구석에서는 수능이 끝나면 뭔가 확 달라질 거라고 믿고 있었나 보다. 그러나 그런 건 없었다. 어제가 수능이었건 아니건 시계가 가는 속도는 다르지 않았고 창밖에서 비쳐 들어오는 햇빛도 그대로였다. 나는 한숨을 쉬며 어기적어기적 침대에서 일어났다. 일단은 한 잔의 물이 급했다.

냉수를 길게 들이켜고 나서 다시 휴대폰을 확인했다. 습관의 힘은 무섭다. 술에 절어 내쳐 잔 것 같은데도 평소 일어나던 시간보다 겨우 삼십 분밖에 늦지 않았다. 어제 같이 논 녀석들이 잘 들어갔느냐며 보낸 카톡 서너 개, 민지의 카톡 두 개. 민지에게는 어제 친구들과 술 마시고 집에 갈 거라고 미리 이야기해 두었다. 민지도 부모님과 저녁 먹고 친구들과 놀다 들어간다고 했었다.

> 술 많이 마셨어? 늦게 들어갔어?

> 해장 잘 하고. 나 오늘 시간 되는데, 오늘 저녁에 볼래 아니면 목요일에 볼래?

목요일? 왜 목요일이지? 달력을 확인해 보자 '아……' 소리가 흘러나왔다. 11월 11일, 빼빼로데이였다. 나는 한참 망설이다가 카톡을 날렸다.

목요일에 보자. 어제 너무 달려서 몸이
너무 안 좋아. 오늘은 만나도 오래 못
있을 것 같아서.

　　실제로 그렇기도 했지만, 한편으로 민지를 지금 만나면 어떻게
될지 두려워서 나온 말이기도 했다. 빼빼로데이에 만나는 것도 무
섭기는 매한가지였지만 조금이라도 마음의 준비를 하고 만나고
싶었다. 지금까지는 수능이 모든 생각을 미루기 좋은 핑계였다. 그
러나 이제 그 핑계는 사라졌고, 민지와 어떻게 지낼지 생각을 해야
했다. 민지는 돌직구를 던질 타입은 아니지만, 그렇다고 수줍어서
할 말 못 하는 타입도 아니었다.

　　차라리 마음씨 나쁘거나, 엄청 의심과 질투가 많거나, 선물을 밝
히거나, 남자애들이 욕하는 그런 아이였으면 좋았을 텐데.

　　민지는 좋은 애였다. 그게 문제였다.

　　세호가 "걔 괜찮다고 소문난 애다." 하고 말했을 때 귀담아들을
걸 그랬다. 민지는 정말 괜찮은 애였고, 내게 많은 것을 생각하게
해 주었다.

　　민지네 집은 넉넉하지 않았다. 우리 집이 엄청나게 잘산다고 생
각해 본 적은 없었고, 나도 대학 들어가면 어떻게든 아르바이트를
해서 학비를 충당하는 게 당연하다고 여겼지만 최소한 입학 때부
터 학자금 대출을 해야 할 것 같지는 않았다. 누나도 1학년 학비는

부모님이 내 주신다고 해서 좀 여유 있게 장학금을 노리고 공부하고 있었다. 그러나 민지네 집은 민지가 대학에 붙어도 등록금을 다 마련할 수 없는 형편이었다. 민지는 임대 아파트에 살았고, 고 1 때부터 집 근처 패스트푸드점이나 커피 전문점에서 아르바이트를 해서 돈을 모았다. 하지만 중 3, 고 1 동생이 둘 있어서 성적이 그다지 나쁘지 않은데도 4년제 대학 진학은 이미 포기하고 있었다.

"그래도 그 정도면 그렇게 못사는 건 아니잖아? 기초 생활 수급권자도 아니고. 일단 대학 졸업하고 자기가 하기 나름 아닐까?"

언젠가 지나가는 말로 민지네 집 사정을 누나에게 이야기했을 때 누나가 했던 말이었다. 아마 민지와 친해지고 이야기를 나누지 않았다면 나도 그렇게 생각했을 것이다. 하지만 일상적으로 카톡을 주고받고, 가끔 만나 데이트 아닌 데이트를 할 때마다 생각지도 못한 곳에서 날카롭게 느껴지는 생활의 격차는 그리 쉽게 극복할 수 있는 문제가 아닌 것 같았다. 언젠가 민지는 이런 말을 한 적이 있었다.

"내가 속이 좁아서 그런지 몰라도, 부모님이랑 외식하러 가서 한 끼에 몇만 원짜리 밥을 먹었다는 얘기는 딴 세상 얘기 같아서 별로 안 부러워. 그런데 어쩌다가 친구들과 어울려서 다들 버거킹에 가자고 하는데 나는 머릿속으로 지갑 속을 헤아리면서 김밥천국 가서 라볶이를 먹으면 좋겠다고 생각하고 있을 때는 속상해지지."

"그러면 어떻게 하는데?"

"보통은 친구들이 돈을 보태서 사 줘. 나도 고맙게 먹고. 하지만 속상한 건 속상한 거야."

그럴 것 같았다. 까마득히 먼 부자는 아예 비교 대상이 아니니까 생각할 필요가 없지만, 바로 옆에 있는 사람과 먹고 입는 물건이 끊임없이 비교되고, 비교하는 마음마저 티를 낼 수 없다면 그 스트레스를 어떻게 견딘담. 그런 면에서 민지는 강한 애였다.

민지는 전문대 치위생과에 진학할 생각이라고 했다.

"우리 집에서 둘째가 제일 공부를 잘하거든. 내가 얼른 졸업해서 돈을 벌어야 걔가 대학에 다닐 수 있으니까. 우리 집은 걔한테 거는 거지 뭐."

울지도 화내지도 않고, 생긋 웃으면서 담담하게 말하는 민지의 모습은 예뻤다. 정말 예뻤다. 세상에 원한을 품지 않는 사람의 아름다움. 그러나 딱 거기까지였다. 동일이에게서, 희서 형에게서 느껴졌던 감정은 그림자도 느껴지지 않았다.

'내가 평범한 일반이었으면 분명히 가슴이 두근거렸을 거야.'

그런 생각을 하면 마음이 미어지는 것 같았다. 민지는 어쩌다 나 같은 애가 좋아졌을까. 늘 농담 따먹기나 하고 껄렁껄렁하게 지내는 잘난 곳 없는 사내아이, 결정적으로 절대로 자기를 좋아할 수 없는 녀석을 좋아하게 되다니. 민지같이 멋진 여자아이에게는 너무 가혹한 불운이었다. 민지는 더 좋은 남자를 만날 자격이 있는데.

민지의 좋은 점과 내 못난 점을 늘어놓자면 오전 내내 이야기할 수도 있었다. 그러나 지금은 학교에 가야 했다. 수능 다음 날이니 나중에 몇 대 맞을 각오를 한다면 학교에 빠질 수도 있지만, 어차피 학교에 가도 잠이나 잘 텐데 집에서 자나 학교에서 자나 별 차이 없었다. 그럴 바에는 눈치 보며 집에서 뒹굴거리는 것보다 학교에 가는 편이 나았다. 나는 한숨을 길게 내쉬고 학교 갈 채비를 했다.

수능 후의 수업 시간은 전보다도 더 지루했지만 목요일은 금방 왔다. 그때까지도 나는 마음을 정하지 못했다. 누구와 터놓고 의논할 수도 없었다. 내가 민지와 연애 아닌 연애를 하고 있다는 걸 아는 사람은 누나와 세호 녀석 정도인데, 누나는 요즘 뭐가 그리 바쁜지 늘 인상을 쓰고 새벽이면 튀어 나가 밤늦게 들어왔다. 세호에게 말했다가는 이야기 끝난 지 한 시간도 지나지 않아 내가 민지를 차려고 한다고 전교에 소문이 돌 것 같았다.

민지를 찬다…….

예전에 패션 잡지에서 우연히 이런 글을 읽었다. 인간관계에서는, 어떻게 달리 말하려고 해도 변하지 않는 본질을 가진 것들이 몇 가지 있다는 거다. 아침 드라마에 흔히 나오는 기혼 남녀의 불륜이라든지, 양다리라든지, 섹스라든지, 갑과 을의 관계라든지, 이별이라든지.

누가 누구를 찬다든지.

아무리 번지르르한 말을 덧붙인다고 해도, 민지는 나와 사귀고 싶어 하고 나는 그럴 마음이 없다면, 그 마음을 입 밖에 내는 순간 나는 민지를 차는 것이다. 그리고 내가 아는 한 사람에게 상처를 주지 않고 차는 방법은 없었다. 동일이조차도, 나를 차는 줄 모르면서도 내게 깊은 상처를 주었다. 더군다나 민지는 내게 먼저 고백했던 애였다. 만약 내가 민지에게 사귀지 않겠다고 하면, 혹시 자기 집이 가난해서, 자기가 꾸미지 못해서, 자기가 예쁘지 않아서, 대학에 가지 못해서…… 이런 자격지심이 들지 않을까? 민지에게 그런 상처는 주고 싶지 않았다. 그 심정을 조금쯤은 알기 때문이다.

내가 여자였다면, 하고 얼마나 자주 생각했던가. 나는 남자인 게 편하고 남자의 삶이 좋은 사람이니까, 여자의 몸이나 생활 방식이 부러웠던 게 아니다. 다만 동일이나 희서 형처럼 내가 좋아하는 상대와 아무 문제 없이 맺어질 수 있는 사람이고 싶었다. 그러나 죽었다가 다시 태어나지 않는 다음에야 그럴 가능성은 전혀 없었다. 그래서 죽어 버리고 싶을 정도로 억울했다. 내가 선택하지도 않은 것, 아무리 노력해도 손에 넣을 수 없는 어떤 것 때문에 내가 좋아하는 사람에게 다가갈 수조차 없다니. 민지도 마찬가지일 것이다. 집안 형편이나 외모처럼 자기가 선택하지 않은 것 때문에 좋아하는 사람이 자기를 거부했다고 생각하면 억울하고 슬프고 상처 입을 것이다. 아무리 내가 아니라고 말해도 소용없겠지. 다른 이유를 댈 수 있는 것도 아니니까. 연인으로서는 아니지만 나는 민지가 좋았다. 민지에게 그런 상처를 주고 싶지 않았고, 민지의 마음을 거절하는 나쁜 놈이 되고 싶지 않았다. 그러나 달리 어쩔 도리가 없었다.

우리는 학교 근처 맥도날드 2층에서 만났다. 다른 테이블도 우리 또래 아이들로 꽉 차 있는 걸 보니 다들 빼빼로데이 약속인 것 같았다. 앉자마자 나는 금색과 빨간색 리본으로 장식된 커다란 빼빼로 봉지와 꽃을 내밀었다. 전날 동네 제과점에서 내 용돈이 허락하는 한 최고로 비싼 빼빼로를 사 두었던 것이다. 봉투를 안아 드는 민지의 얼굴이 환하게 밝아졌다.

"와…… 고마워! 난 이렇게 멋진 거 준비 못 했는데."

그러면서 민지도 쭈뼛쭈뼛 작은 빼빼로를 내밀었다. 직접 만든 수제 빼빼로였다. 투명한 비닐 안으로 짙은 갈색의 초콜릿 위에 분홍색 하트 초콜릿을 붙인 것이 유난히 눈에 띄었다. 나도 우물쭈물 받아 들며 고맙다는 말을 했다. 진심으로 고마웠고, 그만큼 마음이 아팠다. 나는 마음속으로 두 눈을 질끈 감았다. 남들은 사랑의 고백을 하는 빼빼로데이에 여자를 차 버리는 나는 변명할 여지도 없는 나쁜 놈일 것이다. 하지만 지금 말해야지, 더 미루었다가는 그만 사귀자는 말도 못 하는 더 나쁜 놈이 될 것 같았다.

"고마워. 저…… 그리고, 미안해. 나 너랑 못 사귀겠어."

"……."

얼마나 이어질지 모르는 침묵이 맥도날드의 하얀 테이블 위에,

우리가 방금 서로 교환한 빼빼로 위에 내려앉았다. 무슨 말이라도 꺼내서 이 답답한 침묵을 부수고 싶었지만 그 역할은 내 몫이 아니었다. 나는 눈을 내리깔고 침묵의 감옥 속에서 민지가 말을 꺼내기만을 기다렸다. 다행히 그리 오래 걸리지는 않았다.

"그렇구나…… 그래, 말해 줘서 고마워."

민지의 목소리 끄트머리가 살짝 떨렸다. 슬그머니 눈을 들어 보니 민지는 억지로 웃고 있었다. 얼른 다시 눈을 내리깔려고 했지만 민지가 재빨리 말을 이었다.

"내가 너 왜 좋아했는지 아니?"

"……."

그거야말로 나 자신에게 수십 번도 더 던졌던 질문이다. 왜 민지 같이 똑 부러지는 애가 나 같은 허당을 좋아할까?

"보통 돈을 쏟아붓지 않으면 고3 때 성적 안 올라. 혼자 공부해서 고3 때 성적 올리려고 하는 애도 없고. 너도 알잖아, 정말 공부 잘하는 애들은 초등학교 때부터 엄마가 얼마나 관리해 주는 애들인지. 고3 들어와서 걔네랑 경쟁하려는 애들 별로 없어."

뜻밖의 말이었다. 내가 성적이 좋아져서 좋아했다고? 올라 봤자 간신히 인서울 4년제 성적이었다. 게다가 민지는 대학에 갈 생각도 아니니 학벌 좋은 남자친구가 딱히 필요할 것 같지도 않았다. 아니, 그 이전에 성적이 오른다고 해도 내가 갈 수 있는 대학이 대단한 수준도 아닌데…….

"그런데 그 짓을 고 3 들어와서, 그것도 학년 초도 아니고 5월에 시작하는 애가 있더라? 오랜만에 현수랑 같이 집에 가게 되어서 이런저런 이야기를 하는데, 현수가 네 이야기를 한 거야. 슬렁슬렁 놀던 녀석인데 갑자기 공부에 불이 붙었다고. 따로 과외를 늘린 것도 아니고 어느 날 열심히 하기 시작하더라고. 현수는 '며칠이나 가나 보자.' 식으로 비웃듯이 말했지만 나는 왠지 그 이야기가 귀에 꽂혔어. 갑자기 공부를 시작한 동기가 뭔지는 모르지만 참 우직하다고 생각했지."

"우직하다고?"

"응. 우직하잖아. 다른 애들 같으면 부모님을 졸라서 과외를 늘리든지 학원을 하나 더 가든지 그런 쪽을 먼저 생각했을 텐데, 너는 정공법으로 나간 거니까. 그래서 네가 마음에 들었고, 조금씩 지켜보기 시작했어. 그러더니 좋아지더라고. 그리고 너, 지금도 우직해."

민지는 나를 똑바로 쳐다보며 웃었다. 울음이 올라와 벌건 얼굴에 입가에는 미소가 어리고 눈꼬리에는 어느새 눈물이 괸, 기묘한 웃음이었다.

"생각해 봐. 수능 끝나고 마음에 안 드는 여자 친구를 이렇게 성실하게 차는 사람이 어디 있어. 대충 연락하다가 조금씩 연락이 뜸해지거나, 아니면 대학 들어가서 아르바이트다 뭐다 바쁘다며 약속을 미루다가 결국 다른 여친이 생겼다고 하면서 안 만나는 게 쉽지. 넌 어쩌면 사람 차는 것도 이렇게 우직하니."

마지막 말을 하는 민지의 목소리는 꽉 잠겨 있었다. 차라리 민지가 대성통곡을 했으면 좋겠다고 생각했다. 화가 나서 나한테 물건을 던지거나 욕을 해도 받아 줄 수 있을 것 같았다. 민지는 내가 준 빼빼로를 양팔로 끌어안았다. 커다란 바게트에 초콜릿을 씌운 거라서 품 안에 한 아름 가득 차는 느낌이었다.

"고마워. 이거 잘 먹을게. 나 혼자는 못 먹겠고, 동생들이랑 같이 먹어야겠다."

"……미안해."

"아냐. 괜찮아. 차라리 지금 말해 줘서 고마워."

"……."

"나가자. 아니, 나 집에 들어갈게."

민지는 대답을 기다리지 않고 일어났다. 나도 반사적으로 따라 일어났다. 같이 나가려는데 민지가 손을 저었다.

"아냐. 넌 그냥 있어. 나, 혼자 가고 싶어."

"……우리, 친구로는 안 되겠지?"

나도 모르게 갑자기 튀어나온 그 말에 계단 쪽으로 걸음을 옮기던 민지가 발을 멈추었다. 말을 해 놓고 나도 아뿔싸 싶었다. 어장 관리를 하려고 한다는 소리를 들어도 변명의 여지가 없을 말인데, 내가 왜 그랬을까. 하지만 그 순간만큼은 진심이었다. 민지는 놓치기 아까운 친구였다. 착하고 올곧으면서도 마음이 넓고 매력적이었다. 언젠가 한참 시간이 지난 후 내가 게이라는 말을 누군가에게 할 수 있다면 민지 같은 사람에게 하고 싶었다.

그러나 민지는 그 자리에 선 채 한참 빤히 나를 바라보다가 고개를 흔들었다. 몇 걸음 떨어진 거리인데도, 언제 흘렸는지 한쪽 눈가에 눈물이 흐른 자국이 또렷이 보였다.

"미안, 지금은 안 되겠어. 내가 너무 힘들 것 같아서. 나중에, 다시 만나서 웃으면서 이 이야기를 할 수 있게 되면 생각해 볼게."

민지는 계단을 내려갔고, 나는 그 애의 머리끝이 보이지 않게 될 때까지 멍하니 계단을 바라보고 있었다. 마침내 민지가 계단을 다 내려가고 나도 모르게 참고 있던 숨을 후우, 내쉬자 테이블 위에서 뭔가가 가냘프게 바스락거렸다. 나는 아래를 내려다보았다. 아까 민지가 준 빼빼로 봉지였다. 어젯밤 민지가 붙였을 분홍색 하트가 째려보듯이 바깥을 내다보고 있었다.

그날 저녁, 논술 준비 한다는 명목으로 독서실에 앉아 있기는 했지만 계속 머리가 멍했다. 기출 문제집을 펴 놓고 있어도 제시문이 눈에 하나도 들어오지 않았다. 생각나는 거라곤 '우직하다'는 민지의 말과 독서실 사물함에 넣어 놓은 빼빼로 봉지 속의 분홍색 하트뿐이었다.

'차라리 나가서 술이라도 마실까…….'

하지만 혼자 마시기는 싫었다. 누군가와 함께 마시면서 괴로운

심사를 정리하고 싶은데, 그 '누군가'가 딱히 떠오르지 않았다. 이런 때 술을 같이 마셔서 마음이 풀릴 상대라면 이런저런 내 사정들을 속속들이 알고 있거나 아니면 그저 바라보기만 해도 마음이 풀리는 좋은 사람이어야 할 텐데, 아무리 생각해 봐도 양쪽 다 없었다. 쓴웃음이 났다.

'뭐야, 나 인생 헛살았나.'

독서실 책상 앞에 앉아서 계속 한숨만 쉬고 카톡 주소록을 뒤져 보다가 문제집을 잡아 보고, 다시 머리를 감싸 안고 낮의 만남을 생각하다가 주소록을 뒤지고, 이 짓만 삼십 분째 하고 있는데 갑자기 카톡이 울렸다. 누나였다.

> 뭐 해? 공부 안 하고 있는 거 알아. 내려와.

타이밍은 죽이는데 말투가…… 어휴, 누나는 왜 말 한마디를 해도 속을 긁는 걸까. 한번 튕겨 볼까 하는 생각도 들었지만 그러기에는 너무 사람이 아쉬웠다. 나는 문제집과 연습장을 주섬주섬 챙겨 독서실에서 나왔다.

7시밖에 안 되었지만 바깥은 이미 깜깜했고, 솔로가 커플 되는 빼빼로데이라 해도 주택가 독서실 앞은 한산했다. 누나는 독서실 앞 놀이터 그네에 타고 삐걱거리며 발장난을 하고 있었다. 평소에도 입고 다니라고 시켰던 페미닌한 복장은 어디로 가고, 누나는 집에서 자주 입던 연두색과 회색 트레이닝복 세트에 길고 도톰한 카키색 야상 차림이었다. 어쩐지 옛날의 누나를 보는 것 같아서 슬쩍 웃음이 났다. 나는 누나 옆 그네에 가서 앉았다. 누나는 나를 쳐다보지도 않고 발장난을 계속했다.

"나 왔어. 웬일이셔? 동생 독서실까지 다 찾아오고? 옷은 또 왜 그래? 빼빼로데이인데 데이트 안 했어?"

누나는 나를 흘끗 쳐다보더니 길게 한숨을 내쉬었다.

"미안. 나, 헤어졌다."

"어?"

갑자기 머릿속이 하얗게 비면서 아무 말도 나오지 않았다. 방금 전까지 머리를 꽉 채우고 있던 민지 생각이 다 날아가 버렸다. 누나는 발을 까딱거리며 말을 계속했다.

"오늘 빼빼로데이잖아. 그래서 공강 시간에 만나서 빼빼로를 주려고 했어."

"누나가 만든 거?"

나도 모르게 한 객쩍은 농담에 누나는 처음으로 똑바로 고개를 들고 나를 쩨려봤다. 그 순간 누나와 형이 헤어졌다는 게 실감이 났다. 어둑어둑한 놀이터 가로등 불빛에 비친 누나의 화장기 없는 얼굴은 온통 눈물로 얼룩져 있었다.

"……미안, 누나."

눈물을 흘린 여자라는 공통점 때문일까. 나도 모르게 민지에게 미안한 마음까지 담아서 누나에게 사과했다. 누나는 다시 고개를 떨어뜨렸다. 누나의 그림자가 그네와 함께 뒤로 길게 늘어져 흔들렸다.

"오빠가 수업 듣는 강의실을 아니까, 그쪽으로 가면서 카톡을 했는데 답장이 안 오더라고. 그래서 휴대폰을 가방에 넣어 놔서 모르나 보다, 하고 그 앞으로 갔지. 그런데 강의실 뒤에서 은미가 오빠한테 빼빼로를 주고 있는 거야. 오빠는 웃으면서 그걸 받고 있고. 둘이 아주 다정하더구면?"

누나의 발이 신경질적으로 그네 아래 땅을 차기 시작했다. 안 그래도 아이들의 발길질에 다져진 땅은 금방 푹푹 패기 시작했다.

"은미가 살살거리는 거! 받아 주지 말라고! 내가! 그렇게! 말했는데!"

마지막 말은 고함에 가까웠다. 그러나 나는 큰 소리 내지 말라고 누나를 말릴 수 없었다. 말렸다가는 그 자리에서 희서 형 대신 내가 맞아 죽을 기세였다. 나는 조심조심 누나의 눈치를 살피며 물었다.

"그래서 어떻게 했는데?"

"어떻게 하긴! 그 자리에서 빼빼로를 꺼내서 면상에 던져 줬어. '야, 이 씨발 바람둥이야, 여기저기서 빼빼로 처먹고 배나 터져라! 너하곤 끝이야!' 하고 소리 지르고. 그다음에 나오려다가 영 분이 안 풀려서 은미 엉덩이를 걷어차면서 '이 쌍년아, 동기 남친 빼앗으면 잘될 것 같니? 니가 쟤랑 결혼이라도 할 것 같니? 넌 이제 우리 학번 공식 씨발년이야. 오늘부터 나 피해 다니는 게 좋을걸? 내가 있는 자리에 나타나면 개싸움이 뭔지 제대로 당하게 해 줄 테니까.' 하고 나와 버렸어."

나는 아연해서 입을 벌렸다. 이 정도면 뒷수습이고 뭐고, 대책이 없는 완벽한 결별이다.

갑자기 누나가 킬킬 웃기 시작했다. 나는 영문도 모르고 누나 눈치만 보고 있었다. 누나는 눈물이 날 정도로 웃더니 헉헉거리며 말했다.

"나, 오늘따라 청바지 입고 컨버스화 신고 있었다? 무슨 일인지 몰라도 걔 정장 입고 있었는데, 엉덩이에 발자국 제대로 났을 거야. 아, 속 시원해."

그 말에 나도 따라서 킬킬 웃기 시작했다. 정장 치마 엉덩이에 난 흙 발자국이 눈에 환히 보이는 것 같았다. 우리 둘은 그네에 앉은 채로 배가 터지도록 낄낄거렸다. 웃음에 실어서 다 날려 보내고 싶었다. 민지를 아프게 했던 기억도, 누나의 실연도. 아니, 나의 실연도. 마음대로 안 되는 인간관계들을 전부 묶어 풍선처럼 하늘로 날려 보내고 싶었다. 그러나 우리가 날려 보낼 수 있는 것은 허파에 들어 있던 한 줌의 미지근한 공기뿐이었다.

한참을 웃고 나서 숨을 가다듬은 후 누나가 나를 물끄러미 바라보았다.

"그런데, 너 괜찮아?"

"응? 뭐가?"

"너 희서 오빠 좋아하잖아."

"……어?"

갑자기 눈앞에서 핵폭탄이 터진 것 같은 느낌이었다. 숨이 턱 막히고 입이 말랐다. 이 상황에서 할 수 있는 대답들이 어지럽게 머릿속을 스치며 날아다녔다. 1) 갑자기 무슨 소리야? 2) 뭐, 괜찮은 형이라고 생각하긴 하지. 3) 무슨 뜻으로 좋아한다는 거야? 4) 누나 어떻게 알았어? 5) …….

나는 아무 말도 못했고, 그것만큼 명백한 대답이 없었다. 누나는 무덤덤하게 말을 이었다.

"처음부터 좀 이상하다 싶기는 했어. 오빠 얘기 나올 때마다 너 얼굴색이 변하더라고. 혹시나 하면서도 설마 내 동생이 이상한…… 동성애자겠어, 하고 생각했어. 왜 그런 거 있잖아? 그런 식으로 튀는 건 모두 남의 일일 것 같은 느낌. 그런데 우리 여름에 희서 오빠네 집에 갔잖아? 너 연애 상담하러. 그때 네 얼굴이랑 분위기 보니까 감이 오더라. 아, 얘는 여자 친구가 아니라 오빠를 좋아하고 있구나, 어쩌면 나보다 더 절실하게 좋아할지도 모르겠구나 싶었지. 여자의 감은 무섭다고."

"……."

난 대체 왜 누나가 눈치 없다고 생각했을까? 할 말이 없었다. 고개를 푹 숙이고 누나가 다음 말을 하기만 기다렸다. 누나는 담담하게 말을 이어 갔다.

"처음에는 한참 헷갈렸는데, 암만 생각해 봐도 그 감이 맞는 거야. 그러고 나서 이런저런 생각 많이 했어. 남매가 한 남자를 좋아하다니 아, 이게 무슨 아침 드라마 같은 상황이냐 하는 생각도 들고. 아니지, 아침 드라마에는 동성애가 안 나오지. 하여간 이런 건 흔한 일은 아니잖아. 그런데도 옆에서 내가 오빠 마음에 들게 도와주느라 얼마나 힘들었을까 하는 생각도 들고."

"누나…… 기분 안 나빴어?"

'누나 동생이 동성애자라서, 누나가 점찍은 남자를 좋아해서, 기분 안 나빴어?'

누나가 나를 바라보며 피식 웃었다.

"무슨 소리야. 난 그깟 바람둥이보다는 내 동생이 더 소중해. 그 자식이야 군대 가면 안 볼 놈이지만 넌 평생 적어도 명절마다 만날 녀석이잖아. 그리고 동성애? 물론 엄마 아빠 생각하면 좀 안타깝지. 엄마 아빠가 만약 알게 된다면 얼마나 속상하시겠어. 하지만 난 상관없어. 좀 야속하게 들릴지도 모르지만 결국 내 연애 아니고 네 연애고, 네가 감당할 몫이잖아? 나도 좀 찾아봤는데, 그거 고칠 수 있는 것도 아니라며?"

전에 누나와 동성애 이야기를 했을 때도 비슷한 생각을 했지만, 다시 한 번 놀랐다. 정말 우리 누나가 이렇게 쿨했나? 갑자기 누나가 무척 어른스러워 보였다. 나는 자기도 모르게 길게 한숨을 내쉬었다. 누나가 가을밤 찬 공기에 잠긴 목소리로 소리 내어 웃었다.

"아, 솔직히 신경이 안 쓰였다면 거짓말이고, 나도 사실 이래저래 생각이 많았어. 내 동생이 설마 그럴까, 아니면 좋겠다. 만약 그렇다면 왜 그럴까. 우리 집에 문제가 있나. 내가 너무 구박해서 그런가. 온갖 생각이 다 들더라. 동생 일인데 그런 생각이 안 들면 이상한 거 아냐? 하지만 야, 설마 너 동성애자라고 누나가 엄마 아빠한테 다 알리고 정신병원 끌고 가고, 그런 멜로드라마 상상한 건 아니지? 나 안 그런다. 그런 골치 아픈 짓까지 하지 않아도 내 머리 이미 충분히 복잡하거든? 다시 말하지만 결국 네가 감당할 몫이야. 힘들어도 네가 제일 힘들지 아무리 누나 동생 사이라도 내가 더 힘들겠어? 그래서 말인데, 너 정말 괜찮아?"

"……뭐가?"

누나의 빠른 주제 전환은 정말 따라가기 힘들었다. 누나는 어깨를 으쓱하더니 말했다.

"너 고 3 생활 방해 안 하려고 일일이 얘기는 안 하고 있었지만, 나는 이미 희서 오빠한테서 조금씩 정 떼고 있었거든. 그럴 만한 자잘한 다툼을 계속해 오기도 했고. 전에 너한테도 한 번 얘기했지만, 우린 너무 달라. 세상을 보는 눈이나 사람들을 대하는 태도나, 남녀 관계에서 뭐가 옳고 뭐가 그른가 하는 생각까지. 그래서 난 이제 그 난봉꾼하고 끝나는 거 하나도 미련 없어. 하지만 넌 아니잖아?"

다시 목이 꽉 막히는 느낌이었다. 연속되는 충격 때문에 잠시 무뎌져 있던 실감이 돌아왔다. 누나가 희서 형과 헤어졌다. 이제 희서 형과 만날 방법은 없다……. 그 생각을 하자 가슴이 격렬히 두방망이질하기 시작했다. 누나도 내 얼굴을 보더니 눈치챈 것 같았다. 누나가 싱긋 웃었다.

"그러니까 말이야. 해 버려, 고백. 어차피 상대와 상관없이 네 쪽에서 좋은 거잖아. 상대가 받아 주든 말든 얘기해 버려. 자기가 나한테 해 놓은 짓이 있으니 쪽팔려서 어디 소문은 못 낼 거야. 소문내기만 해 봐라. 내가 맞소문을 내서, 애인 있는데 애인 동기랑 바람 피우고 두어 번 본 애인 남동생까지 동성애자라고 덮어씌운 천하의 못된 왕자병 환자로 만들어 줄게. 되든 안 되든 미련은 떨쳐 버리고 오는 편이 낫잖아?"

"누나……."

"네가 선택할 일이지만, 나라면 얘기하고 끝낼 거야. 그놈 좋으라고가 아니라, 내 속이 시원하려고. 동성애 아니라 그보다 더한 거라도, 내가 좋아하는 사람한테 말 한마디 못하고 끙끙 앓다가 혼자 마음속에서 정리하고 헤어지고, 난 그런 거 싫거든. 넌 어쩔래? 어차피 한 번은 저질러야 할 일 아니야? 평생 아무한테도 고백하지 않고 살 거야?"

"……."

침묵이 길어지자 누나는 그네에서 일어섰다. 나도 모르게 따라 일어섰다. 누나는 나를 한참 쳐다보더니 내 어깨를 잡아 놀이터 입구 쪽으로 돌렸다. 버티려면 버틸 수 있었지만 그럴 마음은 없었다. 나는 휘청거리며 몸을 돌려 놀이터 입구를 바라보았다. 그 상태에서 누나가 어깨를 툭 밀었다.

　"가 봐."

　마치 태엽 인형의 태엽을 잔뜩 감았다 놓은 것처럼, 나는 누나가 민 방향으로 비틀거리며 걷기 시작했다. 처음에는 걸었지만 잠시 후에는 나도 모르게 뛰고 있었다. 익숙한 내리막길의 풍경이 차가운 밤바람을 타고 옆으로 휙휙 지나갔다. 어차피 형에게 내 마음이 받아들여질 거라고는 기대하지 않았다. 하지만 누나 말이 옳을지도 모른다. 동일이 때처럼 나 혼자 앓고 나 혼자 끝낸 다음 두고두고 가슴 아파하는 것보다는, 기왕 아플 바에는 상대방에게 내가 당신을 좋아했노라고 알리기라도 하는 게 나을지 모른다. 그렇게 겁났던 커밍아웃인데, 막상 목전에 두고 나니 아무 생각도 나지 않았다. 어쩌면 어디 소문은 못 낼 거라는 누나 말을 은근히 믿고 있었는지도 모른다. 어쩌면 될 대로 되라는 심정이었을지도 모른다.

　딱 한 번 가 봤던 형의 집은 왜 잊히지도 않는지. 나는 허리를 접고 숨을 몰아쉬며 형의 집 벨을 마구 눌렀다. 나중에 생각해 보면, 다른 사람이 문을 열었으면 대체 뭐라고 말했을까 싶다. 다행히 서너 번 누르자 문 너머에서 형의 목소리가 들렸다.

"누구세요?"

"희서 형, 저, 저예요. 서, 성준이요. 예경이, 누나, 동생."

말이 저절로 더듬어지는 것은 숨이 턱에 닿아서일까, 심장이 걷잡을 수 없이 쿵쾅거리기 때문일까. 그 차이를 분간할 사이도 없이 문이 덜컥 열리며 형이 나왔다.

"야, 안 그래도 예경이가 오늘 뭔가 단단히 오해를 한 것 같은데……."

"형, 저, 형 좋아해요!"

그 말은 미사일처럼 내 입에서 튀어 나갔다. 그 말의 위력이 공중에서 폭발하고, '무슨 소리야.' 하는 얼떨떨한 얼굴에 서서히 놀라움과 이해가 퍼지고, 그 이해가…… 혐오와 경멸로…… 바뀌어 형의 얼굴에 드러나는 데 몇 초나 걸렸을까. 시간이 멈춘 것 같은 아파트 복도에서, 나는 그 모든 과정이 한 사람의 얼굴에 펼쳐지는 것을 보았다. 다음 순간 희서 형의 얼굴에 떠오른 것은 억지웃음이었다.

"너, 예경이가 시켜서 장난하냐? 안 그래도 걔하고 더 연애할 마음 없거든? 여자애가 드세고, 고집도 세고, 말은 더럽게 안 듣고. 이런 짓까지 안 해도……."

"좋아한다니까요!"

드디어 형은 얼굴을 붉히며 버럭 소리를 질렀다.

"야, 이 씨발 새끼야! 헛소리 그만해!"

알고 있었다. 형도 내 마음이 진심이라는 걸 몰라서 한 소리가 아니라는 걸. 그리고, 그 진심이 어떻게 취급당할지 어렴풋이 예감도 하고 있었다. 그러나 직접 귀로 듣는 심정은 또 달랐다. 가슴이 유리로 되어 있고 그 유리가 돌을 맞아 깨진다면 이런 느낌일까. 형은 매몰차게 나를 노려보며 말했다.

"너, 못 들은 걸로 해 줄 테니까 어디 가서 그따위 얘기 하고 다니지 마. 그리고 내 앞에 또 나타났다간 맞아 죽을 줄 알아. 꺼져!"

눈앞에서 문이 쾅 닫혔다. 저 문은 다시 열리지 않을 것이다. 내게는 다시 열리게 할 힘도 없었다. 나는 한참 멍하니 문을 바라보다가 천천히 계단으로 걸어 내려왔다. 눈물이 줄줄 흘러 차마 엘리베이터를 탈 수가 없었다.

올 때는 뛰어왔는데 갈 때는 터벅터벅 걸어서 갔다. 하지만 흐느낌이 멈추지 않아 숨이 찬 것은 마찬가지였다. 이미 날이 어두워진 것이 얼마나 고마웠는지 모른다. 나는 일부러 가로등 불빛이 닿지 않는 어두운 구석만 골라 걸었다.

터벅터벅 걷다 보니 나도 모르게 놀이터로 돌아오는 길이었다. 무슨 생각을 했는지 누나는 아직도 그네에 앉아 있었다. 나는 천천히 누나 옆에 가서 섰다. 누나가 고개를 들어 나를 바라보았다. 아직도 눈물 얼룩이 남아 있는 얼굴로 누나가 싱긋 웃었다. 누나가 보는 내 얼굴도 저렇겠지.

"어때? 좀 괜찮아?"

"몰라, 누나 밉다."

간신히 울음이 가라앉은 목소리로 대답하며 나도 다시 누나 옆의 그네에 털썩 주저앉았다. 말없이 고개를 숙이고 그네를 흔들거리고 있는데 갑자기 뒤에서 확 미는 힘 때문에 고꾸라질 뻔했다. 나는 본능적으로 그네 줄을 붙잡고 아슬아슬하게 균형을 유지했다.

"아, 뭐야?"

"내가 그네 밀어 줄게."

놀라서 뒤를 바라보자 누나가 어느새 그네에서 내려와 내 뒤에 서 있었다. 누나는 장난꾸러기 같은 웃음을 지으며 다시 나를 밀었다.

"너 기억나? 너 대여섯 살 때, 우리 흑석동 살 때 내가 놀이터에서 그네 많이 밀어 줬는데."

"뭐야, 유치하게. 언제 적 얘기를 하고 있어. 십 년도 더 전이네. 강산이 변했다."

투덜거리면서도 나는 그네에서 내리지 않았다. 누나가 등을 밀어 주고 하늘로 치솟는 기분이 나쁘지 않았다. 그네 줄을 붙잡고 밤하늘을 바라보며 하늘에서 밀려오는 차가운 가을밤 공기를 맞고 있으니 속이 살짝 시원해지는 것 같기도 했다. 그래, 어차피 누나가 아니었으면 시작도 못 했을 인연이었다. 누나가 끝낸 것과 동시에 끝나는 것이 당연하다.

"괜찮아. 그래도 이번엔 찍소리라도 해 봤으니까. 괜찮은 거야,

전성준."

　나는 하늘에 대고 말했다. 뒤에서 누나가 "뭐?" 하고 물었지만 대답하지 않았다. 누나도 딱히 대답을 들으려고 물었던 건 아닌 듯했다. 우리는 그렇게 한참, 그네를 밀어 주고 타면서 밤공기를 맞았다. 집에 들어가는 길에 누나는 편의점에서 맥주 페트병 두 개와 소주 두 병, 간단한 안주를 샀다.

　"오늘은 내가 살게."

　"뭐야, 엊그제 퍼마신 술기운도 아직 안 빠졌어."

　투덜거렸지만 당연히, 집에 들어가 부모님이 주무시는 것을 확인하자마자 우리는 내 방에서 술판을 벌였다. 모자라는 안주는 희서 형 씹기로 대신했다. 누나가 말해 주는 희서 형의 모습에 나는 웃고, 경악하고, "헤어지길 잘했네." 하며 추임새를 넣어 주고, 나중에 취기가 올랐을 때는 아주 살짝 울기도 했다. 평소 같으면 무자비하게 놀려 댔을 누나지만 그날은 말없이 술만 한 잔 더 따라 줄 뿐이었다.

　전체적으로 그날은 솔로들의 괜찮은 빼빼로데이였다.

누나가 사랑했든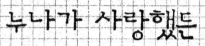

내가 사랑했든

고 3 시절에 걸친 나의 답답하고 지루한 짝사랑 이야기는 이걸로 끝이다. 그다음에는 별로 덧붙일 만한 이야기가 없다.

나는 누나가 다니는 대학에 합격했다. 물론 과 커트라인은 누나쪽이 높지만 인서울 대학, 그것도 같은 대학에 합격했다는 것만으로도 친척들의 축하를 받았다. 엄마는 자식 둘 다 인서울에 보냈다는 것으로 어깨가 으쓱해졌다. 사학과가 내 적성에 맞을지는 알 수없지만, 요즘 같은 세상에 자기가 하고 싶은 공부에 맞추어 대학에 들어간다는 건 정말 소수의, 성적이 되는 애들이나 누리는 사치가아닌가. 나는 부모님께 등록금 걱정에 자취 비용 걱정까지 얹어 드리게 되지 않은 것만으로도 충분히 다행이라고 생각했다. 최소한

역사는 싫어하던 과목은 아니었으니까.

세호는 집에서 등교할 수 있는 수도권 대학에 합격했다. 녀석이 고3 때 놀았던 걸 생각하면 그럭저럭 괜찮은 결과였다. '너 좋은 대학 가서 우리 누나한테 대시한다며?' 하고 놀리고 싶었지만 아무리 친한 사이라도 할 수 없는 농담이 대학 농담이다. 다행히 구김살 없고 넉살 좋은 세호 쪽에서 먼저 말을 꺼내 주었다.

"하, 이거 참 체면 안 서네. 내가 '서연고'는 아니라도 '서성한' 정도 가서 너네 누나한테 딱! 프로포즈를 했어야 되는데 말이지. 하지만 걱정 마라. 내가 이번 밸런타인데이에 특대 초콜릿을 갖고 너희 집을 방문해서, 누나한테 정식으로 사귀자고 할 테니까. 요번에 세뱃돈하고 입학 축하금만 받으면 당장 초콜릿 쇼핑이다!"

"결혼도 아닌데 무슨 프로포즈야. 그리고 밸런타인데이는 여자가 남자한테 초콜릿 주는 날이잖아."

"알아, 나도 알아. 그런데 예상을 깨고 남자가 초콜릿을 주면 신선한 충격으로 와 닿지 않겠어? 나는 그런 반전의 묘미를 주는 남자란 말이지!"

뭐, 흰소리에 그치지 않고 세호가 그 말을 실천했다는 게 반전이라면 반전이겠다. 밸런타인데이에 그 녀석은 커다란 초콜릿 바구니와 랑방 메리 미(marry me) 향수를 들고 와서 내 친구 왔다고 자기 방에 들어가려는 누나를 붙잡더니 "누나, 고1 때부터 좋아했어요. 저와 사귀어 주세요!" 하고 말했다. 누나는 어안이 벙벙했다가 농담인 줄 알고 깔깔 웃었다. 고 1 꼬꼬마 때부터 보아 왔던 녀석이 갑자기 남자 행세를 하려고 드니 우습기도 했을 게다. 그러나 세호가 진심이라는 걸 알자 등을 철썩 때리며 말했다.

"야, 난 당분간 남자 사귈 생각 없거든? 그러니까 너 일단 1학년 마치고 군대 갔다 와. 군대 갔다 와서도 네 마음 안 변하면 그때 보자. 남자는 군대 갔다 오면 달라진다고 하니까. 아직은 내 눈에 너는 남자가 아니라 어린애야. 그때까지 무럭무럭 커라."

세호는 즉석에서 경례를 하며 말했다.

"넵! 누나가 반하도록 열심히 크겠습니다! 충성!"

물론 초콜릿 바구니와 향수는 놓고 갔다. 세호가 간 후 누나는 배를 움켜잡고 웃으며 말했다.

"세호, 오랜만에 보니까 좀 귀여운 짓을 하더라. 나중에 어떻게 클지 궁금한데?"

이건 청신호로 해석해도 되겠지?

민지에게서는 나중에 카톡이 한 번 왔다. 목표로 하던 전문대 치위생과에 붙었다고 했다. 전문대라고는 하지만 치위생과는 다 커트라인이 높기 때문에 기쁜 일이었다. 신입생 환영회도 다녀왔는데 선배들 말을 들어보니 생각보다 열심히 공부해야 할 것 같다고 했다. 이런저런 대화 끝에 민지가 물었다.

나중에 너네 학교 축제 때까지 여자
친구 없으면 나 구경 가도 돼?

물론이지. 꼭 초대할게.

나는 진심을 담아 대답했다. 민지의 부탁은 웬만하면 들어주고
싶었다. 그리고 그때까지 내게 여자 친구가 생기지 않을 것은 분명
하니까. 어쩌면, 정말 어쩌면, 그때 민지에게 고백을 할지도 모르
겠다. 네가 싫었던 게 아니라 내가 게이여서 어쩔 수 없었다고. 그
래도 괜찮다면, 너와 친구로 남아 있고 싶다고. 이번에는 내가 차
일지도 모르는 고백이지만 민지가 내게 고백했던 때를 생각하면
그 정도 위험 부담은 있어야 공평하지 않겠는가.

아 참, 또 놀라운 사실이 있다. 수능을 치고 대학에 입학하기까
지 근 백 일 동안 희서 형의 꿈을 자주 꾸었다. 현실에서는 딱 한
번 제대로 같이 술을 마셨던 사람을, 꿈에서는 수도 없이 부둥켜안
고 물고 빨고 핥으며 웃고 울다가 깨어날 때면 허탈감에 몸을 떨
었다. 한밤중에 깨어 멍하니 방 안의 어둠을 바라보고 있다가 다시
뒤척이며 잠든 적도 여러 번이었다. 빼빼로데이 이후 누나와 많이
가까워졌지만, 이건 누나에게도 이야기하지 않았다.

그렇게 잠과 불면을 오가던 어느 밤 시간에, 나는 문득 컴퓨터를
켜고 오랫동안 잊고 있던 게이 커뮤니티에 접속했다. 기억을 더듬
어 그 당시 자주 쓰던 아이디와 비번을 찾아 넣었더니 두어 번 만

에 로그인이 되었다.

오 년이 지난 다음 다시 보는 그곳은 각별한 맛이 있었다. 예전에 나를 그렇게 놀라고 겁먹게 만든 이상한 용어와 기구 사진이나 남자들의 벗은 몸 사진은 이제 아무렇지도 않았다. 오히려 자유 게시판이나 에피소드를 적어 놓은 글들이 눈을 끌었다. 이반끼리 알콩달콩한 연애에 빠져 있는 사람들도 있었지만, 나처럼 일반을 짝사랑했다가 무참히 깨진 사람들도 보였고, 현재 일반 앓이에 빠져 있는 사람들의 글도 있었다. 아무도 보지 않는 밤에 나는 그 글들을 하나씩 읽어 내려갔다. 어떤 글은 웃겼고 어떤 글은 슬펐다. 사랑과 욕정의 경계에 서서 비틀거리는 글도 있고, 이미 안 될 것을 전제하고 순정과 자기도취에 빠져 있는 글도 있었다.

예전 같으면 이런 글을 보는 것만으로도 두려웠을 것이다. 정제되지 않은 선연한 욕망의 언어들이 거친 파도처럼 마음을 흔들어 놓고, 그 흔들리는 마음이 생활까지 흔들어 버릴까 무서웠을 것이다. 어린 날의 나는 막연히, 게이라는 정체성은 빠져나올 수 없는 늪 같아서 일단 그 정체성을 인정해 버리면 매일 밤 욕정에 허덕이다가 어느 날 낯모르는 남자와 자 버리는 지경까지 이르는 게 아닌가 하는 야설 같은 걱정을 하고 있었던 것 같다. 뭐, 그런 사람이 없으라는 법은 없겠다. 세상에는 별의별 일이 다 일어나니까. 누나와 내가 한 남자를 좋아한다는 건 있을 법한 일이었겠나.

하지만 게시판의 글에서 보이는 게이들은 다 각자 다른 사람이었다. 쾌활하고 사내다운 게이도 있고, 보통 게이의 스테레오타입처럼 여겨지는 소심하고 여자 같은 게이도 있었다. 순진하리만큼 착한 사람도, 냉소적이고 날카로운 사람도, 허풍 세고 꾸미기 좋아하고 명랑한 사람도 있었다. 나는 이 세계에 들어가면 어떻게 보일까? 아마도 어리벙벙하고 순진한 신참? 예전 같으면 이쪽 사람들과 이야기를 나누고 만난다는 것은 생각도 못 해 볼 일이었겠지만 지금은 약간 용기가 났다. 나와 같은 사람들, 그러면서도 하나하나 나와 다른 이 사람들을 한번 만나 보고 싶었다. 그러고 나면 내가 어떻게 변할지는 모르지만, 지금까지 이십 년 동안 쌓아 온 내가 송두리째 바뀔 것 같지는 않았다. 희서 형을 좋아하기 전의 나도, 희서 형에게 좋아한다고 말하고 칼로 끊어 내듯 거절당한 후의 나도 다 나이듯이.

조금은 자신감이 붙었는지도 모르겠다. 오 년 전보다 조금은 컸을지도.

그 후 희서 형을 한 번 더 봤다.

대학교 생활은 생각과는 많이 달랐다. 무엇보다도 생각처럼 한가하지 않았다. 강의 시간마다 낯선 책 이름과 용어들이 홍수처럼 쏟아졌고, 익혀야 할 한자들은 수도 없이 많고, 동기들은 교수님이 강의 시간에 지나가면서 언급한 책들까지 다 읽어 오는 놈들부터 부터 강의 시간에는 도통 안 보이는데 술자리에는 꼭 보이는 놈까지 천차만별인데 그중에서 중간이라도 가려면 어느 정도로 뭘 얼마나 해야 하는지 도통 감이 잡히지 않았다. 게다가 귀가 얇아 선배들 말마다 솔깃솔깃하다 보니 겨우 보름 지났는데 학회 두 개, 동아리 하나에 들어가 여기저기 쫓아다니는 신세가 되고 말았다. 그러다 보니 어떤 날은 지하철 끊기기 직전까지 도서관에 머물러 있어야 하고, 어떤 날은 지하철 끊기기 직전까지 술자리에 엉덩이를 붙이고 있어야 했다. 한마디로 정신없었다.

그중에 그나마 숨 좀 돌리는 날이 네 시간밖에 강의가 없는 목요일이었다. 그런데 2, 3교시와 7, 8교시에 걸쳐 있다는 게 문제였다. 어쩔 수 없이 점심을 먹고 도서관에 가든지 다른 일을 하다가 수업에 들어가야 했다.

'세미나할 책이나 읽어 볼까…….'

따뜻해진 봄 햇살을 즐기며 한들한들 학생 식당으로 걸어 내려가다가, 맞은편에서 팔짱을 낀 커플이 오는 것이 보였다. 그냥 스쳐 지나갈 수도 있는 광경이었는데 갑자기 남자 쪽에 눈길이 멈추었다. 아는 얼굴이었다.

'희서 형…….'

그러면 옆에 있는 여자는 은미라는 사람일까. 아니면 새로 생긴 애인일까. 꾸미긴 공들여 꾸몄는데 그렇게 예쁜 타입은 아니네. 저런 여자 때문에 누나한테 차이냐. 누나 쪽이 훨씬 낫다. 머릿속에서는 이런저런 생각이 정신없이 굴러가는데 몸은 반사적으로 꾸벽 인사를 했다. 심지어 "안녕하세요?" 소리까지 나왔다.

"어, 어……."

희서 형은 처음에는 나를 못 알아보고 어색하게 인사를 받았다. 아마 자기 과의 새내기려니 하고 생각한 모양이었다. 그러다가 몇 걸음 더 가서 흠칫 놀라는 눈치였다. 그러나 그때는 이미 늦었다. 나는 그 커플을 한참 지나친 후였으니까.

기분이 묘했다. 그렇게 꿈속에서 만나고 그리워했던 사람인데, 원래는 이 학교에 들어오려는 원동력을 주었던 사람인데, 작년 한 해 동안 내 심장을 하얗게 불태웠던 사람인데, 막상 이렇게 마주치고 인사하고 헤어지니 별 감흥이 없었다. 같은 과라 어쩔 수 없이 봐야 하는 누나도 그럴까? 희서 형을 정말 사랑한 사람은 누나였을까, 나였을까? 생각하다 보니 피식 웃음이 나왔다.

'이제 와서 그게 무슨 상관이야. 누나가 사랑했든 내가 사랑했든, 이제는 좋은 추억일 뿐이지.'

어쩌면 나는 운이 무지하게 좋은 편일지도 모른다. 처음으로 사랑을 고백할 만큼 맹렬히 좋아했던 사람에 대한 추억을 같이 나눌 수 있는 사람이 곁에 있다. 이건 쓸쓸한 첫사랑의 추억보다도, 그 다음에 겪은 환멸보다도 더 끈끈하고 애틋한 감정이었다. 누나는 내게 혈연일 뿐만 아니라 사랑의 기억을 공유할 수 있는 사람이고, 내가 게이라는 사실을 있는 그대로 용인하는 단 한 사람이었다. 그런 생각을 하자 갑자기 누나가 보고 싶어졌다. 우스운 일이지만,

같이 사는데도 집에서는 서로 나가기 바빠 주말이 아니면 얼굴 마주칠 겨를이 없을 정도였다. 오랜만에 한 시간 정도 누나와 노닥거리며 대학 생활이 생각보다 힘들다고 투덜거리고, 누나는 학교에서 어떻게 지내느냐고 물어보고, 그 일이 있은 다음에 은미라는 여자는 만난 적 있느냐고도 물어보고 싶어졌다. 나는 학생 회관 커피숍 쪽으로 방향을 돌려 걸어가며 누나에게 카톡을 날렸다.

> 누나, 커피 한 잔 할래?

> 마침 나 공강인 줄 귀신같이 알았네? 어디야?

> 학관 커피숍으로 와.

> 알았어. 조금 있다 봐.

나는 먼저 가서 톨 사이즈 카푸치노를 시켜 창가 자리에 앉았다. 날씨는 좋았다. 하얀 봄 햇살이 학교 안에 가득 쏟아졌고, 며칠 사이 갑자기 포근해진 날씨에 남녀 할 것 없이 옷이 가벼워지고 색이 밝아졌다. 따스한 커피를 입 안에서 굴리며 창밖을 내다보고 있으려니 봄날 고양이가 된 것처럼 나른하고 즐거워졌다. 나는 눈을 가느스름하게 뜨고 창밖에서 시선을 돌려 앞을 바라보았다.

'⋯⋯어?'

누나가 앉을 앞자리는 비어 있었고, 그 너머의 자리에 안경 낀 남자 한 명이 앉아 있었다. 나 같은 새내기인지 한 학년 위인지는 모르지만 군대는 다녀온 것 같지 않았다. 숙제나 세미나 준비를 하는지 책상 위에는 생물학책과 화학책이 놓여 있었다. 그리고 그의 손도 놓여 있었다.

'어…… 어?'

희고, 길고, 손톱 끝이 말끔히 다듬어진 손이었다. 손가락은 가는 편이었지만 남자 손답게 마디 골격은 확실했다. 나는 무엇에 홀린 듯이 손가락을 바라보다가 매끄러운 손등을, 살집이 없는 손목을, 적당히 근육 잡힌 팔을, 넓고 탄탄한 어깨를 바라보았다. 그는 내 시선을 눈치채지 못하고 눈을 책에 고정한 채 씻어낸 오이 속살처럼 말간 얼굴을 살짝 찌푸리며 갈색 티타늄 안경테를 코 위로 밀어 올렸다.

갑자기 가슴이 두근거리고 눈앞이 어지러워지기 시작했다. 숨이 가빠지는 듯도 했다. 누나는 왜 이렇게 안 오는지…… 아니, 차라리 늦게 오면 좋겠다. 그는 어느 대학일까? 이과대? 의대? 여자 친구는 있을까? 언감생심 이반이기를 바랄 수는 없겠지? 아니, 이반이더라도 저 정도 꽃미남이라면 분명히 파트너가 있을 거야……. 생각은 꼬리에 꼬리를 물다가 안드로메다로 날아가고 마음은 솜사탕처럼 계속 부풀어 올랐다.

봄이었다. 누나는 아직 오지 않았고, 봄이 먼저 오고 있었다.

　'작가의 말'이라는 것을 쓸 때마다 무진장 쑥스럽다. 원고를 쓸 때면 내 이야기 속에 푹 빠져 있을 수 있는데, '작가의 말'이라는 제목을 달고 무슨 말을 하려면 내 소설을 굉장히 객관적으로 보아야 하거나 읽는 사람에게 대단한 메시지를 전달해야 할 것 같은 느낌이 들기 때문이다. 마치 괜찮은 농담을 던져 놓고 "이 농담이 웃긴 점은 말이야……." 하고 말하는 사람이 된 느낌이랄까. 단언컨대, 어떤 멋진 농담도 이렇게 사족을 달기 시작하면 망한다.

　그런 쑥스러움과 민망함을 딛고 『누나가 사랑했든 내가 사랑했든』에 대해 한마디만 덧붙인다면, 이 소설은 첫사랑 이야기라는 것이다. 독자들 중에서는 첫사랑을 이미 해 본 사람도, 아직 경험

하지 못한 사람도 있을 것이다. 현재 진행형인 사람도 있겠다. 하지만 모두들 '첫사랑은 이루어지지 못한다.'라는 유명한 속설은 들어 본 적이 있을 것이다.

예외 없는 법칙이 없듯이, 첫사랑이 마지막 사랑이 되는 행운 넘치는 사람이 아주 드물게 있기는 하다. 그러나 첫사랑을 이루지 못하는 사람이 훨씬 더 많다. 이건 첫사랑을 하는 청소년들이 순수하지 못하다거나, 믿음을 지키지 못해서가 아니다. 첫사랑은 운 좋게 서로 마음이 통한다 해도 서로 사회적, 경제적 여건을 생각하지 않는 순수하고 저돌적인(그래서 이루어지기 힘든) 사랑인 경우가 많다. 게다가 첫사랑은, 돌아보지 않는 상대방을 무작정 쳐다보는 외사랑인 경우가 훨씬 더 많다. 그러니 첫사랑은 이루어지면 신기한 일이고, 이루어지지 않은 첫사랑의 추억을 곱씹고 사는 사람들이 대부분이다. 그렇지만 모든 사람에게 첫사랑이란 '특별하고 애절한 사건'이다.

『누나가 사랑했든 내가 사랑했든』에서는 그 특별한 사랑이 조금 더 특별한 경우를 그려 보고 싶었다. 남자가 남자를 좋아하는 것은 평범한 일이 아니다. 여자가 남자를 좋아하는 건 평범한 일일 테다. 하지만 남매가 한 남자를 좋아하는 건 또, 특별한 일일 것이다. 이렇게 비비 꼬인 사정을 뚫고 독자 여러분이 '어떤 처지이든 사람이 사람을 좋아할 수 있고 그러다가 실패할 수도 있다.'는 평범한 진리를 다시 한 번 곱씹어 주셨으면 하고 바란다.

그 평범한 진리를 강조하기 위해서, 등장인물들도 평범한 청소년들로 내세우려고 애썼다. 성준이는 동성애자라는 점만 빼면 우리 주위에서 흔히 볼 수 있는, 성적에 애타고 친구 관계에 신경 쓰는 고 3이다. 예경이는 대학에 갓 들어가서 멋져 보이는 선배에 가슴 두근거려 하는 아가씨다. 희서는 사랑에 빠지지 않은 제삼자가 보기에는 대체 왜 저 애에게 반하나 싶은 흔하디흔한 대학생이다. 어디서나 볼 수 있는 인물들이 엮어 나가는 툭탁거리는 첫사랑 이야기. 한마디로 이 이야기는 '소설(小說)', 거창하지 않은 사소한 이야기이다. 이 흔하고 사소한 이야기에서 특별하고 반짝거리는 지점을 찾아낼 수 있다면 그것은 온전히 독자 여러분의 능력일 것이다.

　『누나가 사랑했든 내가 사랑했든』이 나오는 데 빚을 진 분들이 많다. 창비 청소년출판부와 처음 인연을 맺게 해 주신 박상준 님, 오랫동안 원고를 기다려 주고 게으르고 고집 센 작가와 줄다리기를 하느라 힘드셨을 편집부 여러분, 요즘 청소년들과 동성애자의 문화에 대해 많은 도움을 준 문계린 양, 타리 님, MECO 님, 늘 뒤에서 든든하게 나를 버텨 주고 포용해 주는 남편과, 존재 자체로 고마운, 이제 한참 말을 배우기 시작하는 선우에게 감사를 전한다.

2013년 10월
송경아

창비청소년문학 55

누나가 사랑했든 내가 사랑했든

초판 1쇄 발행 • 2013년 10월 25일
초판 13쇄 발행 • 2023년 5월 18일

지은이 • 송경아
펴낸이 • 강일우
책임편집 • 정소영
펴낸곳 • (주)창비
등록 • 1986년 8월 5일 제85호
주소 • 10881 경기도 파주시 회동길 184
전화 • 031-955-3333
팩시밀리 • 영업 031-955-3399 편집 031-955-3400
홈페이지 • www.changbi.com
전자우편 • ya@changbi.com

ⓒ 송경아 2013
ISBN 978-89-364-5655-9 43810